Author
寺王
Illustration
由夜
JN105208
ブラックな騎士団の奴隷がホワイトな冒険者ギルドに引き抜かれてSランクになりました
The Slave of the "Black Knights" is Recruited by the "White Adventurer's Guild" as a S Rank Adventurer
6

The Slave of the "Black Knights" is
Recruited by the "White Adventurer's Guild"
as a S Rank Adventurer

CONTENTS

6

ドスン！
本当の殺意がこもった剣が
顔スレスレに突き刺さる。
避けていなかったら間違いなく
死んでいた。

ロイター
人族最強と名高いSランク冒険者。通称【星落とし】。女神の神託で今代の【剣聖】に選ばれた。
ネリム
歴代最強の【剣聖】と謳われる剣士。史実では数百年も前に死亡したとされているが……。
エイゲル
ジードが通う串肉屋の店主の息子。マジックアイテムの開発者で魔法の研究に日々没頭している。
クゼーラ
引き抜か
者。女神の
に選ばれる
「……いつまで揉んでい
クゼーラ王
副団長から
転身した騎士
持つ邪剣を所

ブラックな騎士団の奴隷がホワイトな冒険者ギルドに引き抜かれてSランクになりました 6

寺王

OVERLAP

イラスト／由夜

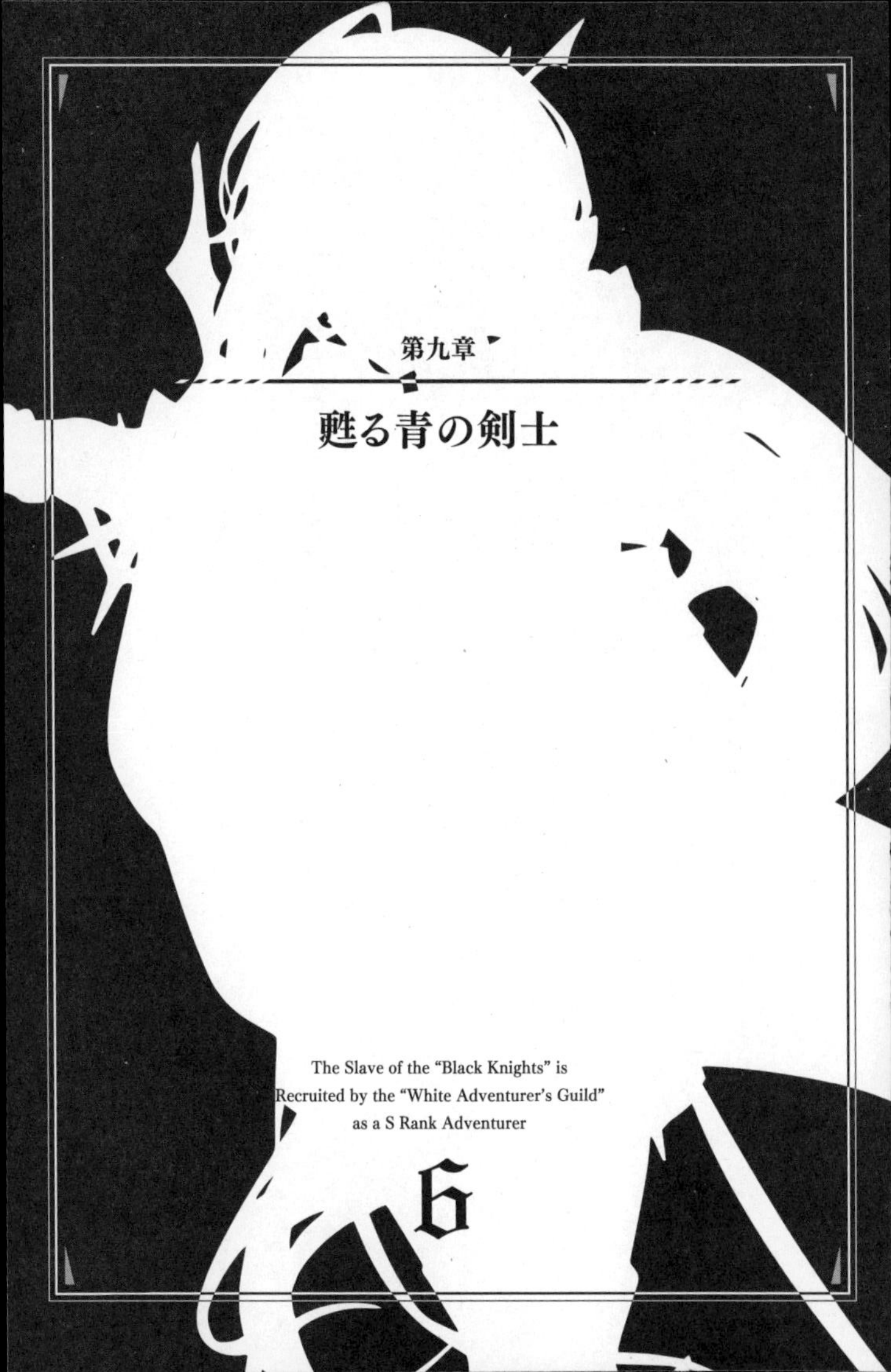

第九章

甦る青の剣士

The Slave of the "Black Knights" is Recruited by the "White Adventurer's Guild" as a S Rank Adventurer

6

第一話　異変

獣人族領で聖剣の奪還を終え、俺たちはクゼーラ王国の領地に戻った。

刺々《とげとげ》しい視線が胸を抉《えぐ》る。

獣人たちとは和解できただけに、痛みも、久しぶりだからか新鮮さを伴っている。

「顔にこそ出てないけど、なんとなく言いたいことは分かるわ。辛《つら》そうね」

クエナが口元を押さえながら楽しそうに笑い、囁《ささや》いてくる。

俺に気を使ってわざと軽々しい態度を取っているのだろう。

彼女の温かな視線だけがこの場の救いだ。

「最近学んだ言葉がある。目は口ほどに物を言うってやつ」

「ジードは強いから面と向かって言える人もいないしね。もはや口よりも目の方が饒舌《じょうぜつ》になってるわね」

「勇者を断ったのは面倒な選択だったかもしれないな」

こうも続くようでは気分も落ち込んでしまう。

「そう？　ジードが考えた上での決断なら私は良かったと思うけどね。問題は好感度がマイナスってことくらいじゃない？」

その問題が一番の難関なのだ。

しかし、クエナだってそんなことは百も承知だろう。俺が巻き込んでしまっているのだから、マイナスの空気を肌で感じているはずだ。

申し訳なさも含みながら、ため息を漏らす。

「いつか好感度がプラスになってくれることを祈るよ……」

「好感度なんて変わりやすいものよ。所詮は人の心なんだから。私の時もそうだった」

「クエナの時も？」

「ウェイラ帝国の宮廷にいた頃の話。あの時は子供だった。だから大人もなめてかかったんでしょうね。身振りや口振りから考えていることが嫌でも見え透いたの」

子供は意外と勘が良い。

大人程に周囲を見ることだってあるのだ。

だから、癒えない傷が心に刻まれてしまうこともある。

自分でもわかるくらい、おずおずと口を開く。

「言いたくないなら良いが、たとえばどんなことがあったんだ？」

「そうね、『外交の手段としてなら使える』とか」

「外交手段……」

なんとなくは聞いたことのある言葉だ。軍事はもちろん、結婚なども政略の一環として含まれる。そういった外交の術だ。

クエナの場合は後者なのだろう。

「ある時、パーティーが開かれたの。貴族や将校がこぞって外国のお偉いさんを紹介してきたわ。彼らはルイナの直参とは程遠い。後援会にも呼ばれない人たちだった」

だから私が選ばれたの、とクエナが続ける。

「自分と繋《つな》がりの深い他国勢力が皇女と結ばれれば、ウェイラ帝国内での影響力も増す。ルイナの傘下にならなくとも生き残れる。……だから私に紹介してきたの」

クエナは苦々しい記憶を掘り起こしているようだった。

そんな様子を見て同調してしまい、こちらまで苦しくなってくる。

「考えすぎじゃないのか？」

「そうかもね。でも、紹介してきたのは全員が中年や、お世辞にも格の高いとは言えない家柄だった。私が正統な血筋ではないと知っているからこその侮りが見えたわ」

もしもルイナに紹介するのなら、同格クラスの王子でなければ話にならないだろう。

クエナが女帝にならないと分かっていたから、せめて外交で利用しようとして……ということになる。

「でもある時、兄弟の一人が死んだ。私の継承権が上がったの。ウェイラ帝国は全ての領土を一人が受け継ぐ。だから私にほんのわずかな可能性を見出《みいだ》したんでしょうね。帝国内でも私と直接婚約を結びたいと考える人が現れ出した」

「おぅ……」

話を聞くだけで少し嫉妬してしまう。

もしもそこでクエナが誰かと婚約を結んでいたら……

我ながら器の小さい話だ。

「その頃から帝王だとか女帝だとか興味なかったのにね。変な影響を受けて兄妹を殺したり混乱を生んだりしないよう、権力争いの歴史には触れさせてもらえなかったけど、なんとなくわかっていたの。それがバカらしくなって」

そう言うクエナの顔は苦笑い気味だった。

彼女がウェイラ帝国を出たのは、その後のことなのだろう。

「私とジードの状況は少し違う。でも時と場合で人の心は変化する。ずっと同じなんてありえない。……そう思ってたんだけどね」

「そう思ってた？」

後から付け加えられた一言に首を傾《かし》げる。

おおむね同意するしかないものだったはずだが、今の彼女にとっては違うらしい。

「シーラのあんたを想《おも》う気持ちを見て変わった。ずっと真っすぐだから」

快活な金髪の少女を思い出して、つい笑みがこぼれる。

シーラには自然と人を癒してくれる不思議な魅力がある。

きっと、気持ちを直球で伝えてくれるからだろう。……考えていて恥ずかしくなる。顔、赤くなってないよな？

「……私も感化されちゃったしね」

クエナが隣で呟《つぶや》く。

……顔、赤くなってないよな？

「それじゃ、あの子を迎えに行くために早いところ用事を済ませちゃいましょ」

「ああ、そうだな」

ようやく取り返せた聖剣を片手に、クゼーラ王都にある真・アステア教の教会へと歩を進める。

◇

そこはアステアの教会。

とはいえ、表からは入れない。

当然、人通りの少ない裏門が眼前にある。

もしも女神アステアの神託を拒絶した俺が堂々と来たら……それは問題だろう。信者が黙っていないはずだ。

しかし、この教会には俺とスフィの関係を知っている人がいる。

「おや、ジードさん。どうかされましたか？」

かつて神聖共和国で起きた七大魔貴族ユセフの侵略戦争。その場に居合わせた神父がクゼーラの教会に赴任していた。

俺を見ても温和な態度と口調をしている。

あれから交流は乏しかったものの、これならば普通に話しても問題なさそうだ。

「スフィと会えないか？　ギルドを辞めたみたいで連絡が取れないんだ」

シーラの勧誘で、一時的にスフィは同じパーティーとなっていた。だが、いつの間にかギルドの籍がなくなっていたのだ。

同じパーティーであれば連絡のしようもあったが、今ではそれも敵《かな》わない。

だからこうして出向いてきたというわけだ。

「スフィ様は現在多忙ですので、私でも足跡は追えません」

聖女になったのだから忙しいのは当たり前だ。それは仕方のないことで、今日明日にでも会えるなんて思ってはいない。

だが、

「足跡を追えないってどういうことだ？」

意味深な言葉だ。

まるで行方不明と言わんばかり。

そんな俺の疑問にクエナが付け加えた。

「もしかしてアステアの教会が襲撃を受けている件？」

「そのとおりです」

「なんだ、それ」

「最近、ニュースになってるの。アステア関連の建造物やら集会やらが襲撃を受けたり、爆破されたり。大変みたいね」

俺達《たち》が獣人族にいた時からの出来事なのだろう。

クゼーラ王国の領地を離れるまで、そんな話は耳にしたことがない。

「スフィは大丈夫なのか？」

多少の魔法の心得があるようだったが年端のいかない少女だ。

もしも戦闘になれば非力な部類だろう。

負傷しているスフィの様子が頭を過《よぎ》って胸騒ぎがした。

しかしながら、神父は俺の心配を落ち着かせるようにニッコリと微笑《ほほえ》んだ。

「幸い、スフィ様はご無事です。目下のところ犯人を追跡していますが、危険分子の身柄を拘束するまでは、大司祭クラスでなければスフィ様の居場所を知ることはできません」

未《いま》だに犯人は捕まっていないのか。

このままだとスフィにも会えないのだろう。

俺も手伝った方が良いかもしれない。

「何か力になれることはあるか？」

「残念ながら……」

「まぁ、そうだよな。すまん」

さすがに俺の協力は受けにくいのだろう。

できれば勇者を断ったくらいでわだかまりは作りたくなかったが、そうもいかないほどに重要な称号なのだ。

「あ、いえ、そういうことでは……お力を借りれるなら是非と言いたいところではありますから……」

「……？」

どうも歯切れが悪い。

言いにくいことのようで、神父は話の流れを変えるように表情を変えた。

「しかし、スフィ様には何とか取り合ってもらえるよう、こちらから伝えておきますね」

「ああ、よろしく頼む」

神父は信頼できる。

だから聖剣を預かってもらっても良いかもしれない。

だが、それでは自分で取り戻した意味がないし、この手で確実に返したい。

なによりスフィがギルドを辞めた理由も聞きたいので直接会いたい。

まぁしかし、急がなくても良いだろう。

スフィの身の安全が第一だ。

それに新しい勇者が決まったなんて話も聞かないので、聖剣はまだ持っていても良いはずだ。

アステアの襲撃事件が気掛かりではあるが、無理に関与しては事を荒立てるだけだろう。

◇

「ギルド近いわね。リフに会っとく？」

教会からの帰り道、クエナが尋ねてくる。

特に断る理由もないので頷《うなず》いておいた。

「なにか面白そうな依頼がないか聞いておきたい」

「あんた獣人族最強のやつとバトルしてきたばかりなのよ……」

少しだけ後ずさりされた。

どうやら引かれてしまったようだ。

仕事ばかりではマズイのかもしれないな。

そんな会話をしていると、気が付けば見知った建物が目の前に現れる。ギルドだ。中に入る。

「ジードさん、お疲れ様です」

受付嬢が声をかけてくる。

軽く会釈をする。

他の冒険者たちの視線も他ほど鋭くない。

同じ職場の仲間という意識を持ってくれているのだろうか。

ここは精神的に助かる。

「今日はどうされましたか？」

「リフに会いに来た。いるか？」

「今はギルドにいません。どうやら『アステアの徒』による会談が行われているそうですよ」

「『アステアの徒』って？」

「アステア教を支持する有力者の集まりです。真・アステアになって以降は勢力をさらに広げているそうですよ」

「ほー……ありがとう」

まぁ、勇者を断った俺には関係のないものだろう。

とにかくリフも忙しいことが分かった。

「それじゃ、掲示板でも見ますかね」

顎に手を当てて面白そうな依頼を見てみる。

「あんたも暇人ね」

「なんだよー、俺と一緒にいるクエナはどうなんだ?」

「私も暇人かもね」

くすりとクエナが笑う。

そんな姿を見て俺も笑う。

この瞬間ができるだけ長く続けば良いと思う。けれど少しだけ物足りなさがあった。

――シーラ。

「シーラが家に帰ってるかもしれない。今日の依頼はやめておくか」

「そうね。リフから話を聞けると思ったけど、用事で出かけているのならシーラも無事だったってことでしょうし」

クエナの同意を得て、俺達は帰路に就いた。

◇

クエナの家。

ドアを開けて二人で入る。

「ただいまー。シーラ帰ってる？」

「寝てるのかな」

普段なら明るくて元気な声が出迎えてくれるはずだ。

しかし、応答するのは静寂だけだった。

昼寝をしていてもおかしくはない時間だが、まるで生活感のないような冷たさが漂っている。

中に進んでいくとリビングが見えてきて——シーラが立っていた。

「うわっ！　いたのね……ビックリしたじゃないの」

クエナが小さな悲鳴を上げる。

その驚きはとても分かる。

俺でさえ気配を摑《つか》めていなかった。

「……その聖剣」

「ん？　ああ、これか。見つけて来たんだ」

シーラの第一声は聖剣紛失についての謝罪や帰宅した者にかける言葉などではなかった。

ただ俺の片手に握られている剣に関心を向けている。

しかも、どこか抑揚のない声だ。普段の快活さを知っているだけに違和感がある。

そういえば魔力も見知ったものでは――

「っ！」

剣戟《けんげき》。

黒い魔力を纏《まと》った剣の残像がいくつも走る。

咄嗟《とっさ》のことで避けきれずに服に一撃貰《もら》ってしまう。

掠《かす》った程度だが……なんだ、これは。

「シーラ！　なにやってんのよ!?」

クエナには剣は向けられていなかった。

それゆえに気が付かずに声をかけている。

「違う、シーラじゃない」

「えっ？」

俺の訂正にクエナが混乱しているようだった。

容姿、声、すべてがシーラだ。

だが魔力が違う。

磨かれた剣技のレベルが違う。

それに普段のシーラとは違う型をしている。

今まで戦ってきた剣士の誰とも違う。

「おまえ誰だ？」

「私？　ご存じシーラよ」

おどけて笑みを浮かべてきた。

それが真面目な態度でないことくらい誰の目にも明らかだ。

クエナもようやく事態を理解したようだった。

「……」

「さすがにお見通しってわけね。ま、隠してたわけじゃないけど。私はあなたたちが邪剣と呼んでいた存在よ。人であった頃の名は――いえ、名乗る義理もないわね。一応言っておくけど、既にシーラの精神はこの身体《からだ》にはない。でもね、身体は正真正銘本物のシーラよ」

「シーラの精神が身体にない……それ、『代替魔法』ね。対象と自分の身体を取り換える。大陸でも扱える者は数えるほどしかいない超高度な魔法だけど」

クエナがシーラの中身と魔法について当たりを付ける。

シーラに偽装した何者かは悪びれもせずにニヤリと微笑《ほほえ》む。

「あら、こっちもさすが」

「ふざけないでちょうだい。シーラはどこ？　身体を返して」

クエナが怒りを滲《にじ》ませながら問う。友人の身体を乗っ取り、自由にしているのが許せないのだろう。

「それはできない。安心して、彼女は安全な場所にいる。無関係な人を巻き込むほど暇じゃないの」

「ジードの服を傷つけて、私の家を荒らしているのに？」

よく見るとシーラ（偽装）は土足だ。

しかも俺との戦闘で幾つかの家具を倒している。

「そこはごめんなさい。――それと、もうひとつごめんなさいをしておくわ」

鋭い眼光が俺とクエナを睨《にら》みつける。

同時にシーラの手で家全体に仕掛けられていた魔法が発動する。

赤色の剣が襲い掛かる。

青色の矢が降り注ぐ。

緑色の槍《やり》が牙をむく。

「――……できれば、その剣は永遠に見つからないで欲しかったっ！」

魔法と共に攻め来る。

「くっ！　やめろ！」

こいつの実力は本物だ。

シーラの身体で、シーラ以上の力を引き出している。

手加減することはできない。

足の動きひとつをとっても軽妙だ。こちらに合わせている。まるでダンスだ。後ろに下がれば前に来て、前に行けば後ろに下がる。寸分の狂いもない。いかなる戦闘のパターンも経験している。

（なら息を乱して取り押さえる）

上半身での攻撃を増やす。やつの視線が俺の上半身側に向く。後退。に、見せかけて足だけは前に進める。――見透かされた。

いや。

あれっ？

「あっ」

おそらく互いに傷つけない前提での戦いだったのだろう。

思えば殺意はなかった。

聖剣を取るためだけに戦っているようだった。
だからこそ面倒な掛け合いの末に転倒。
シーラの身体が俺の上に乗りかかった状態になる。
むに……むにっ
柔らかくモチモチとした感触で両手がいっぱいになる。
一瞬だけ状況が理解できなかった。
だが。
「な、ななな！　なにやってんのよ!?」
クエナの叫び声で冷静になる。
(やっぱり大きい)
不思議とそんな感覚が蘇《よみがえ》る。
そういえば昔も触れたことがあったな。
あれはクゼーラ騎士団を壊滅させた後のことだったか……
しかも記憶通りなら更に大きくなったのではないだろうか。
彼女も成長期なのだからそれも当たり前か。
一体これからどれくらい大きくなるのだろう。
なんて感想が一瞬にして過《よぎ》る。

戦闘中だというのに緊張感に欠ける悠長な間だった。

ドスン！

本当の殺意がこもった剣が顔スレスレに突き刺さる。避けていなかったら間違いなく死んでいた。

「……いつまで揉《も》んでいるの？」

シーラの激憤が目で伝わる。

仮にも自分の身体ではないのに大事に思っているようだ。どことなく違和感を覚えたが、先に頭を下げる。

「……すみません」

「シーラも変態だと思ってたけど……あなたも変態だったのね。この変態！」

怒濤《どとう》の勢いで剣が突き立てられる。

クールを装っているが、おっぱいを揉まれた羞恥心があるようで隙だらけだ。

仕方ない。

シーラの脇の部分を抱き上げる。

幼子を高く上げる要領だ。

「うあっっ！　ひゃ、やめなさい！」

シーラの情けない声が響く。

ぶんぶんと剣を振り回しているが当たる気配すらない。当たっても威力がなさそうなので問題ない。

「おまえの目的はなんだ？　この聖剣か？」

「……」

俺の問いかけに、押し黙る。

身体にも力が入っていない。

抵抗を諦めたわけではないだろう。

その証拠に剣を握る手は警戒を怠っていない。

それからしばらく無言で目を合わせてきた。

まるで値踏みをするかのように。

「勇者を断ったのに、どうして聖剣を持って帰ってきたの？」

「これは預かっていたんだ。失《な》くしたら捜すのが当たり前じゃないか。それから然《しか》るべき場所に返してやる。それだけのことだよ」

「然るべき場所ってどこ？……その聖剣は……——本当の所有者はもういないのよ？」

俺は……少しの間、言葉を失っていた。

彼女が湛《たた》えている表情が辛《つら》そうだったからだ。こちらの心がズキリと痛むほどに。その顔からにじみ出る感情は演技で出せる代物ではない。

「……どういうことだ？　持ち主はスフィのはずだ」

「いいえ、勇者よ。今から何代前なのか知らないけど、それは勇者のものだった」

「それが受け継がれているってことだ」

「だれが許可したの？　聖剣自身？」

「その勇者ってやつじゃないのか……？」

「そんな話を本人が言ったのならねッ！」

一転。

シーラの顔が負の感情に変わる。

憤り、恨み。

黒色の魔力が彼女を包む。

「これは……転移っ！」

手を伸ばす。

だが、シーラには届かない。

駄目だ。

引き留められない——

「じゃあね」

するりと、眼前から彼女は消えた。

まるで最初からいなかったかのように。

彼女の痕跡を示すものは荒れたリビングだけだ。

「まったく、何が起こってるのよ？」

クエナが首を傾《かし》げて腰に手を当てていた。

すぐさま戦闘から状況整理に頭を切り替えたようだ。

「……ダメだ。探知魔法に引っかからない。クゼーラ王国からは離脱している。ここからはやつの魔力だけを見つけるのは難しい」

「かなり遠距離じゃないの。代替魔法だけじゃなくて転移まで使えるってどうなってるのよ」

「それだけじゃない。剣の腕前も相当なものだった」

シーラ以上の力を引き出していた。

別人の身体《からだ》でそんなことを可能にするのは、元からトップクラスの実力者くらいなものだろう。

「同感ね。あれは只者《ただもの》じゃない。はぁ、シーラも厄介な奴《やつ》に身体を乗っ取られたものね。剣技も魔法も尋常じゃないってどんだけよ」

「クエナは犯人に思い当たるやつはいるか？　あの口振りから察するに――」

「邪剣の正体は人だった。魔法の腕前はトップクラス。代替魔法っていうのは身体が馴染《なじ》まないから戦闘力が下がるはずなのに、あの力量。口調は女性だったわね。うん、まあ何人か思い浮かんだ」

かなり確信めいている。

代替魔法の使用者自体が大陸でも数えるほどしかいないと言っていたし、さすがに頼りになるな。

「それじゃあ、捜しに行こう」

「どこに?」

「どこにって、シーラを捜しに行くんだ。身体が替わっているのなら、クエナの思い浮かんだやつらの身体に本物のシーラが入っているはずだろ?」

「ああ、言葉足らずだったわね」

「?」

クエナが意味深に続ける。

「私が思い浮かんだ方たちは――もう全員この世にいない」

その回答はこの先の道のりが簡単でないことを示していた。

「クエナでも犯人が分からないってことか」

「残念ながら。シーラの演技を疑った方がマシなレベル。代替魔法は最初から使っていないとして……型の違う剣技をいつも以上の実力で発揮して、転移魔法を数日で身に着ければいいだけよ」

それが如何《いか》なる難易度であるか知らないクエナではないだろう。彼女とて日々、血のにじむような努力をしてきているのだ。

何よりシーラがそんなことをするメリットはない。

だが、そういう仮説を口にしてみるほど、情報通のクエナでも犯人の正体はハッキリと分からないのだろう。

どうしたものか。

◇

『アステアの徒』

その集会は秘密裏に行われる。

集まるメンツが各界の重鎮であるが故に、リスクを最小限に抑えねばならないからだ。

今回はAランク指定区域である『謳歌《おうか》の渓谷』で行われた。

数年前から、この集会のためだけに関係者数名だけで建設を進めていた五角形の建造物が、街ひとつを軽く壊滅させる強力な魔物を遠ざけていた。

それだけで最高峰の防衛力を有していると分かる。

人族最大の軍事力を持つ女帝と、実質的に数万の戦力を持ちながら各国を支える組織のトップもまた、そのメンツであった。

リフとルイナは集会を終えて、二人だけで並びながら、閑散とした廊下を歩いていた。

「シーラの一件、助かったのじゃ」

「なに、私としてもジードを敵に回したくないだけだ。やっと戦うくらいなら『アステアの徒』を抜けたって構わないのだからね」

「それは本心か？」

「ここで軽々しく心の裡《うち》を晒《さら》してしまっても良いのかな？」

「……」

互いに視線を合わせる。

リフは何事をも見抜く瞳を向けていた。

対するルイナはまるで摑《つか》めない布のような飄々《ひょうひょう》とした目だ。

どちらも意図を確認するために目を見合わせている。

互いに信頼し合っていないことが分かる。

集会では協力関係にあったとしても、それが友好的な関係を示しているわけではない。

利害が一致していたに過ぎない。

ルイナはリフが何も答えないことを察して、別の話に切り替える。

「それで、事情を聞かせてもらえるかな？　まさか、あの金髪の少女――シーラだったかな？　それが人族全土で指名手配を受けそうになる程の人物だったとは思わなかったんだがな？」

今回の集会の議題のひとつだった。

「アステアに纏《まつ》わる教会、神殿、組合、像、しかも大聖堂まで手にかけた。はは、孤児の養護施設を避けたのは良心からかな？……だが、やってることは真・アステア教を敵に回す行為だ。私のように手札のひとつとしてコネクションを作るために形だけ入っているような支援者も少なくないが、それでも人族最大宗派だ。最も影響力をもつ組織だと言ってもいい。なぜ、こんなことをする？」

ルイナとしても考えられる原因を限りなく挙げていた。

他宗派と結託した妨害。

他種族と結託した攻撃。

あるいは苦難を演出するための真・アステア教による自作自演。

もしくは常軌を逸した者の犯行。

想像する無数の候補はあれど確信には至らない。

シーラの情報が少ないからだ。

かつてはクゼーラ騎士団に所属する公人であったが、それは非常に短い期間だ。

親族はいるがクーデターを起こした実父ランデ・イスラ以外に怪しい影はない。

騎士団を抜けて以降、在籍していたのはギルドだ。

だからこそルイナは長であるリフに問うたのだ。

しかし、今度はリフの瞳が摑みどころのないものになる。

仮に嘘《うそ》をつかれてもルイナは咄嗟《とっさ》に真偽を判断することはできないだろう。

それでも、

「……分からんの。心情の変化は誰にでもあるじゃろう」

リフが適当にはぐらかしていたことくらいは瞬時に理解した。

「ならばギルドから除籍したらどうだ？　指名手配の件にも賛同しておけば、無関係だと言い逃れするための材料になるだろう。ま、格好のうわさ話の種にはなるだろうがね」

「わらわもジードが怖いからの～」

リフがどうしようもなさそうに言う。

これはルイナも言及していたことであり、ジードが敵になった場合の脅威は計り知れないため深く追及することができない。

しかし、ルイナの場合は本音である一方で、リフの場合は逃げ口上に使っている。さすがのルイナも不機嫌な顔になる。

「隠すのか？」

「まぁ他にも理由はある。言ったじゃろう。一度でも籍を置いていた者が大陸全土に指名手配をされてはギルドの名に傷がつく。何より、幾度も襲撃を防げなかった事実は真・アステアの不信も招いてしまう結果に繋《つな》がるじゃろう」

用意していた定型文を読み上げる。

その程度の熱量しかない答えだ。

ルイナもそれ以上を掘り下げることはなかった。

さらなる定型文を用意されているだけなのは分かっているからだ。

ゆえに、手法を変える。

「その答えは、今後ウェイラ帝国の援助、ひいては私の後ろ盾がなくとも良いということかな？　もしも私の口添えがなければシーラは指名手配されるんじゃないのか？」

それは脅しであった。

ルイナの言うことは正しく、ウェイラ帝国の存在は無視できない。彼女の機嫌を損ねるような真似《まね》をできる者は少ない。

できたとしても大半は愚者であろう。

だが、リフは断固とした姿勢で表情を崩さなかった。

「くふふ、そうかい。何かあるように見えるのは私の気のせいだったか？」

ルイナが念を押した。

肝の小さな人間であれば、最低でも汗のひとつくらいは垂らしてしまう。まるで蛇が睨《にら》んでいるような圧力だ。

だが、リフは再び断ずる。

「ああ、女帝にも間違えることはあるじゃろうて」

さしものルイナとて、これ以上強引にリフから話を引き出そうとは考えない。

だが、ルイナは負けん気が強かった。

「そうかい。間違いといえば、ジードを敵に回す行為は間違いだな。スティルビーツ王国に侵攻した際は自慢の軍隊の大半が機能しなくなった」

「あれの本当の狙いは帝国軍内部の掃除じゃろう。悪いことばかりではなかったはずじゃがの」

リフはその当時、ウェイラ帝国が各国と条約を締結していたことを知っている。内容は相互の不可侵だ。

ルイナが内乱を予期していた事実は疑いようもない。

そして、ルイナ自身も隠そうとしない。

「勘繰りすぎじゃ」

「ま、そういう側面はあるがね。しかし、ジードという化け物の怒りを買うのはやめておいた方が良いだろう。なぁ？」

「何が言いたいのじゃ」

「もしシーラを守れなかったとしたら、その怒りの矛先はどこに向くかな。大事なものを失った痛みは時間が癒してくれる。だが、長い時間が必要だろう。あの男は一日でどれほどのことをやってのけるかな」

——たとえば、と続ける。

「『守ってくれるはずだった存在』というだけで逆恨みされるんじゃないか？」

それはギルドの危機を示唆する言葉だった。ジードに対する不信感も植え付けてやろう、という魂胆もあったかもしれない。

しかし、リフはやはり隙を作ることはなかった。

「そうはならんよ、あやつは」

「よほど信頼しているようだ。まぁ、何にせよ早いところシーラを見つけなければならないね」

——討伐されてしまう前に。

その言葉だけはリフの胸に強く残った。図星であること、自らの遺恨として刻まれていることが要因だったからだ。

人族全土の指名手配は免れた。

しかし、指名手配が掛からなかっただけでシーラは既に罪人であり、各国の治安維持を司《つかさど》る組織からは討伐対象と見なされている。

仮にリフが会合の場で弁明していようとシーラの討伐が解除されることはなかっただろう。

彼女の犯罪は疑いの余地なく、今もなお続いているのだから。

◇

黄金色の髪がたなびく。

女体としてのプロポーションは完璧に近い。

整った顔立ちも魅力を引き立たせている。

その美しさには誰もが息を呑《の》むことだろう。

だが、今の彼女——シーラは別の意味で息を呑ませていた。

騎士の一人が腰を抜かしながら目じりに涙を溜《た》めていた。

彼は故郷で一番の実力を持っていた。

少年時代から魔物の討伐に参加していた。

神聖共和国の騎士学校では上位に位置し、部隊に配属されてからも将来を嘱望されていた。

だが、今やもてはやしてくれていた仲間は倒れている。

「ば、ばけもの……！」

普段はひとつの教会に騎士の部隊を置いておくことなどしない。

攻撃を仕掛けてくる人物がいることは知っていたが、彼らもさっきまで「過剰な戦力を置いている」と笑っていたくらいだった。

それだけ自信があり、自惚《うぬぼ》れがあった。

だが、すべての打つ手が断たれた。

抵抗する術《すべ》はもうない。

それだけ相手が別格であったのだ。

騎士であるからには引くことはできない。その覚悟はどのような状況にあっても持っていた。

何をやっても無駄であると分かっていて行動できる人間は少ない。

その心は彼が優秀であることを証明していた。

「ふう」

禍々《まがまが》しい剣を片手に、少女は一息ついた。

軽い作業を終えた時のように。

少し経《た》って背後にあったアステアの教会が潰れた。

先の襲撃で脆《もろ》くなった柱が、ついに支えきれなくなり崩れ落ちたのだ。

出火の原因は定かでない。

ろうそくか、たいまつか、シーラか。

いずれにせよ教会が炎に包まれる。

「……ん？」

シーラが道端にひし形のマジックアイテムがあることに気が付いた。

それを拾い、騎士に見せる。

「これ、なに？　防衛用のマジックアイテムじゃないよね」

「……！」

騎士は明らかに動揺した顔を見せる。

それからハッと息を呑み、口を堅く閉ざした。

「そんな大事なものなの？　こんなところに転がっているのに？」

「……」

「ふーん。口を割らせるのは得意じゃないんだけどね。ま、黙ってるのなら覚悟はしてもらうね」

邪剣が怪しく光る。

力の差は明確だ。

騎士ともあろう者だ。

痛みには慣れている。

拷問に耐える訓練も受けてきた。

精神面は強固であると自負している。

だから騎士は舌を噛《か》んだ。

シーラを捕縛することはできない。

止めることもできない。

だからせめて、何も情報を伝えない。

騎士は今できうる最高の仕事をしてのけた。

「あら……でも応援が駆けつけてるみたいだから死なないわ。その覚悟に免じて今回は見逃してあげる」

あからさまに貴重なものであったが、シーラはマジックアイテムを放り投げて捨てた。

本来なら持ち帰って解体なり分析なりするところではあるが、それは彼女の本分ではない。

ましてや隠密《おんみつ》に動いているのだ。

で、あるならば不用意に物は持ち帰らない方が安全と考えた。

しかし、慎重な彼女の行動も今回ばかりは不正解であった。

あるいは――ネリムと呼ばれていた頃の彼女ならば、このようなミスは犯さなかったかもしれない。

第二話　ネリムという存在

ネリムは貴族の生まれだった。

小さくはないが、大きくもない。そんな辺境の領地を治める侯爵の父親と、名のある子爵の家から嫁いだ母。

嫡男がいて姉もいる。

後継者争いが起こるほど豊かな土地でもなく、欲深い家族でもなかった。

そのおかげで円満な家庭が築かれていた。

「そろそろ国立騎士育成学園か、宮立公官学舎に行くか、あるいは家にいるか、選ばないといけないね」

父親がネリムに問いかける。

ネリムも十二を数える歳《とし》となり、人生の分岐路に立っていた。

だが、両親は家庭教師を付けることなく、ネリムを自分たちの手で育てていた。そのため、ネリムには人生について深く考える余地がなかった。

自然と「学校は面倒くさい」という認識がおぼろげに脳裏を過《よぎ》った。

「家にいてもいい？」

ネリムは甘えるように言った。

それが楽であると信じていたのだ。

両親は頷《うなず》いて、ネリムが家にいることを歓迎した。

その返答をネリムは喜んだが、二年が経ってから一変する。

「お、おいおい……父さんを困らせないでくれ……それに相手だって良い人じゃないか。見てみなさい、この絵を」

「聞いてないっ！　なんで結婚しないといけないの！」

父親がネリムに見せたのは一枚の絵だった。

白馬に乗った好青年の姿が描かれている。

凛々《りり》しく整った顔立ちに、貴婦人たちの噂《うわさ》も絶えないことだろう。

しかし、ネリムは唾棄せんばかりの顔だ。

「パーティーで会ったことあるじゃないの！　その絵とは正反対の顔だったし！　とんでもないブサイクだったじゃん！」

かつて、どこぞの大貴族が主催したパーティー。

国の果てから果てまで各地の貴族が集まっており、ネリムも参加していた。

彼女の華やかな姿は注目の的であった。

こうして父親が紹介してきた青年も、注目していた一人であったのだ。

だが、ネリムの方も記憶力があった。

その男性が自分の好みではないと断じていたことを覚えていた。憚《はばか》らずに言うのであれば醜悪な部類に入る容姿であったことも。

「……あのなぁ」

父親がため息交じりに続ける。

「おまえは学校に行かなかったんだ。そうなれば必然的に嫁ぐしかやれることがないだろう。おまえは十四になった。なのに何ができる？　学問も分からなければ剣も握れないだろう」

それは正論であった。

だが、そう仕向けなかったのも父親である。

自分の人生について考えなかったネリムにも責任はあるが、父親の発言に矛盾があることを直感して苛立《いらだ》ちを見せた。

「じゃあ家から出ていく！」

売り言葉に買い言葉。

少なくとも計画性のあるものではなかった。

「好きにしなさい！」

父親も分からず屋の娘を叱りつける。どうせ何もできず家に帰ってくるだろうと高を括《くく》っていたからだった。

ネリムは部屋から金目の物と先祖代々の剣を持って家を出ていくことになる。

それから身体《からだ》の赴くまま安全な都市から離れていったのだった。


夕暮れ。

もう月夜が照らす時間まで近い。

（……やっぱり帰ろうかな）

背後を振り返る。

暗闇が空の半分を呑み込んでいたが、ネリムのいた都市だけは盛大に明るかった。

ほんの少しの誘惑がネリムの胸元を過る。

ここで帰っていれば——あるいは未来の大陸の勢力図は変わっていたかもしれない。

（ううん、このまま帰ってもシャクだし！）

ネリムが家から持ち出した剣を握って森の獣道に入る。

行き先はない。

計画がないのだから当たり前だ。

ふと、足に違和感を覚えた。

（いてて……）

ネリムが大木に腰かける。

それからハイヒールを脱いで足の状態を確認した。

（赤くなってる。この靴だと失敗だったかな）

ハイヒールは険しい道を歩くには非常に不向きだ。

熟練者に聞けば大失敗だと嘲笑《あざわら》われるくらいに。

だが、ネリムは気づけない。

森を歩く際に装備が重視されることなど知らないからだ。

ましてや、今ネリムのいる森が魔物も徘徊《はいかい》する危険な場所であることさえ知らなかったのだ。

（ここどこだろ？）

ネリムは比較的大人しい性格だった。

それゆえ、父親も手を焼くことはなかった。

今回の結婚も、ネリムが嫌悪感を抱くほどの顔つきでなければ、あるいはすんなりと受け入れられていたかもしれない。

父親にしてみても、そのように考えていたために、予想外の反撃を喰《く》らったことに動揺して怒りに任せてしまったのだ。

とはいえ、それはもう過ぎたことであった。

帰らないネリムを心配した母親の説得もあり、父親は私兵を方々に向かわせてネリムを捜させたが、ついにネリムを見つけることはなかった。

これが将来を大きく変える出来事になるとは知らず、ネリムは目の前のことしか頭になかった。

(あ——)

風がそよいだ。

最初はそんな錯覚だった。

しかし、左腕にじんわりと温かい痛みを感じると、それが何かからの攻撃であると理解せざるを得なかった。

『ガルルル……!』

涎《よだれ》を本能のままに垂れながして、一匹の魔物がネリムを見ていた。

黒く艶やかな毛はそれなりの金額で取引されている。

だが、大型犬ほどの身体しかなく、危険度に見合うほどの稼ぎは得られない。

Dランク・ブラックウルフ。

一匹だけで動く孤高の魔物だが、闇に紛れる毛色としなやかな身体を持つ優秀な夜のハンターだ。

「あぅ……くっ！」

ネリムは魔物の名前さえ知らなかった。

咄嗟《とっさ》に剣を抜けたのは、家を出る際に怒った反動で頭が冷えていたからだ。

ネリムの敵意を見て、ブラックウルフは一瞬でけりを付けようとして動き出す。

前足で大きく飛び上がり、ネリムの首元に飛びつく。

首をへし折れば御の字。

そうでなくとも体勢を崩してやろうというのだ。

ハンターとしては的確な判断ともいえる。

それにネリムは明らかに弱そうな雰囲気を醸し出していた。傍《はた》から見ても失敗する可能性は限りなく薄い。

しかし、今こそ本能は警鐘を鳴らすべきであった。

だが、誰が責めることができるだろうか。

まさか、それが後に【歴代最強の剣聖】と呼ばれるほどの少女であったとは知る由もないのだから。

（――っ！）

誰にも真似《まね》できないからこそ天賦の才なのだ。

太陽が完全に消えたばかりで、夜目にすら慣れていない状況。

いきなり襲われて怯《ひる》むはずの環境。
泣き出したくなるほどの痛み。
何よりも剣を握ることは初めてだった。
森に行くのにハイヒールを履いているような少女である。
さらにいえば圧倒的とまでいえる経験差があったはずなのだ。
それでいて、なお。
——ネリムはブラックウルフの顎から頭蓋を貫いてみせた。
『クォっ……』
悲鳴ともつかない声を漏らしてブラックウルフが絶命する。
期せずして、それがネリムの初の戦闘であったと同時に、初の勝利でもあった。
偶然であっただろうか。
いいや、それは必然だった。
ネリムの目は魔物の動きを捉えていた。
剣を握る身体は神経の一本までも制御の下にあった。
生まれながらにして持っていたのだ。強者たる才能を。
だが、ネリムが気づいたのは数拍してからだった。
「……あれ？」

視界が下がる。

腰が抜けていた。

かたん、と魔物を串刺しにしている剣が地面に落ちた。

（私が殺したの？）

何か、言い知れぬ涙が流れた。

罪悪感が大部分を占めているが、感触の気持ち悪さや、誰にも助けてもらえない絶望感がない交ぜになった結果、頭の中で混乱が生まれている。

しかし、休まる暇はない。

血の匂いにつられた夜行性の獰猛《どうもう》な獣たちが牙を剝《む》いてネリムに襲い掛かるのだから。

朝になっても生きていたのは、ひとえに彼女の素質が開花したからだろう。

◇

ネリムが家を出てから五年の歳月が経《た》っていた。

彼女は【無類の剣】と称されるほどの独自の剣技を持つまでに至っていた。

時には傭兵《ようへい》として、時には護衛として、時には食客として各地を流浪している身である。

大貴族や猛者から求婚されたことも少なくない。

しかし、首を縦に振ることはなかった。

結婚を断ったことがきっかけで今がある。もしも求婚を受け入れてしまったら自分が自分でなくなりそうに思えたのだ。


今は傭兵としての仕事を終え、豪勢な宿を取って一休みしていた。

「ネリムさん、お手紙です」

女将《おかみ》の声と共に扉下から白封筒が入れられる。

ネリムは「ありがとう」と返事をしてから手紙を開く。

このようなことは珍しくなく、麒麟児《きりんじ》であるネリムの姿を見たり囲い込んだりしようとするための手紙がうんざりするほどに届くのであった。

流浪の身であっても自分の滞在場所の情報が行きかってしまう。その居心地の悪さには既に慣れていた。

さて、今回も例に違わず差出人は貴族の婦人であった。

だが、目を引いたのは家名であった。

すぐにわかる。実家だ。

(そういえば久しく故郷の土を踏んでいない)

祖国では戦争が頻発しており、小国にさえ足を掬《すく》われていると耳にしている。

傭兵として招聘《しょうへい》されることはあったが、どこか気まずさもあり、帰るような心境にはなれていなかった。

何より、疎遠となった家族から便りが届くことがなかった。

ネリムの名は売れている。

実家が知らないはずもない。

ならば娘に連絡のひとつでもくれたらどうなのか。

ネリムは心の底でそんなことを思っていた。

そのことも意識的に帰ろうとは思わない事情のひとつであった。

しかし、そのような心持ちは、手紙の文字を追うに連れて、後悔へと変わっていく。

（どうして……）

父親の死。

長男の死。

とある帝国との戦争の最前線の領地となり、陣頭指揮を執った二人の死が確認された。

ネリムの手が延々と震える。

思い返せば不孝者であった。

十四になるまで何も考えずに甘やかされて育ち、飛び出した時には身勝手にも金になるものと剣を持ちだした――

最後まで迷惑をかけてばかりであったことが脳裏を過《よぎ》っていた。

それは二人の死に際して都合よく思い至ったものではない。

かねて心を痛めていたことだったから、ネリムは瞬きする間に涙が零《こぼ》れ落ちていたのだ。

ネリムが再び故郷の土地を踏む決意を固めたのは、その数瞬後であった。

◇

ネリムの実家は領地を失ったこともあり、王都に居を移していた。

爵位は格下げになっており、今では子爵とされている。

さらにネリムの姉で文官でもあった長女が当主を受け継いでいた。

籍は健在であったこと、母も長女も家を出たことについて責めることはなかったこともあり、ネリムは騎士として王国の守護に努めることになった。

王国の領土は最大版図を築いていた時代から三分の二にまで削られており、今は小国と戦っていた。

王国はアムリヤ。

敵対している小国はスティルビーツ。

兵の数の差はアムリヤ王国が大きくリードしていたが、それを補って余りある実力者が小国スティルビーツには存在した。


アムリヤ王国とスティルビーツ王国の軍勢が対峙《たいじ》している。

唾を飲む音さえ聞こえてくるほどの静寂に包まれた不毛の大地。

そこにあって、スティルビーツの先頭に立っている黄金色の髪を持つ少女がひときわ異彩を放っていた。

（あれが【聖源】ヘトア・スティルビーツ）

ネリムは戦場で出くわしたことも、一緒になったこともない。

しかし、その名前は大陸中が耳にしている。

当然、ネリムもだ。

小国の王女でありながらも戦場に出ては尋常ならざる戦果を挙げる。

（なるほど、この圧は凄《すご》い）

アムリヤ王国は揺るぎない列強国のひとつであった。

大規模な軍備を後ろ盾に各国の土地や資産の請求権を獲得することで領土を拡大してい

たのだ。

だが、スティルビーツでの第一次合戦で大敗したことを契機に、それ以降は今までの請求権が反故《ほご》にされ、各国に領土を奪われる始末であった。

大きく鐘が鳴らされる。

通常は角笛や太鼓、銅鑼《どら》などがメインであったが、アムリヤ王国では鐘が使われていた。その使用用途は限定的である。

(——戦争開始の合図)

これがネリムにとってアムリヤ王国の一員として戦う初めての戦場であった。

ヘトアと相対するはアムリヤ王国の近衛《このえ》騎士団長、宮廷魔法団の団長など、錚々《そうそう》たるメンツであった。

そこにネリムは含まれていない。

初参加の戦場であることを踏まえて、ネリムは比較的後方の陣営を任されていた。

(作戦内容はシンプルだけど堅実。一強戦力であるヘトアを実力者が足止めして、少数のスティルビーツ軍団を各個撃破していく……)

実際に作戦は淡々と進んだ。

負傷者を出しながらもヘトアを追い込んでいる。

けれど、ネリムの視線はヘトアに釘付《くぎづ》けであった。

剣技も魔法も見たことがないほどにレベルが高いのだ。

ヘトアの戦う姿は押されていても他を魅了していた。

「ネリム殿、そろそろ我が部隊も動く。相手の本陣にトドメをさそう」

「わかりました」

ネリムの所属している部隊も動き出す。

彼女の中にはヘトアの戦いを見ていたい気持ちが芽生えていたが、感情のコントロールは戦場において必須のスキルである。自らの欲を押し殺しながら部隊の先陣に立って進もうとして――

突如として戦場に大量の濁流が押し寄せる。

「これは……！」

ごった返していた戦場が悲劇の様相を呈していた。

幸いにして後方のネリム達《たち》には被害はない。

だが、ヘトアがいる最前線は一瞬にして呑《の》み込まれている。

「ど、どういうことだ！」

部隊長の声が轟《とどろ》く。

アムリヤ王国の作戦にはない。

「スティルビーツの作戦……なのでしょうか……？」

ネリムが顎に手を当てながら考える。

アムリヤ王国とスティルビーツ王国の兵数の差は明白だった。

ここで敵味方関係なく壊滅必至の自爆を試みることもひとつの手ではあるだろう。

多少なりとも戦力差を埋められればスティルビーツにとって御の字になる。

だが、ネリムには断言できない要素が幾つかあった。

（スティルビーツの動きが遅い……）

味方の救出や撤退が始まっている。

だが、攻めの一手を打ってきていない。

もしかするとアムリヤ王国が押している戦況であったため、スティルビーツ側が戦況のリセットや時間稼ぎのために行使した可能性もある。

しかし、それにしてはスティルビーツ側の戸惑いが大きいように思えた。

なにより、

（……強引すぎる。スティルビーツの方針には合っていない）

作戦内容には国や指揮官の個性が出る。

この自爆はネリムの知っているスティルビーツの戦い方ではなかった。

『――――』

特徴的な楽器の音が戦場に流れる。

それはスティルビーツの陣営から放たれたものだった。

(退《ひ》いていく……やはりどちらにも関係のない自然現象だったの？)

慌てふためきながら、両陣営は強制的に隔離された。

この日、濁流を生み出した元凶を知ることなく、戦場は次の日を迎えるのだった。


戦況が膠着《こうちゃく》することは多々ある。

アムリヤ王国とスティルビーツ王国の戦いも同様に長引いていた。

「ネリム殿、通達だ」

野営地で部隊長がネリムに声をかける。

食料の配給に向かっていたネリムは一旦足を止めて敬礼した。

部隊長は条件反射のまま敬礼を返してから直る。

「先の濁流によってヘトアを足止めする戦力に欠員が出た」

「……では私に？」

「察しの通りだ。だが、無理に連携する必要はない。ヘトアを他の戦場から隔離さえしてくれればいい」

「尽力します。が、彼女は無事なのでしょうか？」

あの状況では助かっていない可能性も考えられる。

しかし、ネリムは尋ねながらも一種の確信を持っていた。あの程度ではヘトアをどうすることもできないという確信を。

実際に部隊長はネリムの質問に頷《うなず》いて見せた。

「ヘトアが濁流から脱出したところを目撃した者がいる。しかも混乱に乗じて戦場の負傷者を救出していたそうだ」

「それは――」

見事ですね。

と、口にしそうになり、止める。

ヘトアは敵だ。

褒めるような真似《まね》はできない。

だが、部隊長も察して苦笑いを浮かべていた。

「安心していい。ネリム殿の心境もわかる。私も長い間アムリヤ王国からいなかった時期があった。傭兵《ようへい》として戦っていたから、今日の敵が明日には味方になっていたこともある。ヘトアに戦士として一目置くのは普通のことだ」

「そうですね……」

「手一杯のはずなのに人助けまでするなんて……余裕があるのか、人格者なのか。両方かもな。もしも戦いが続いていたらヘトアが押し返していたかも――いや、これは流石《さすが》に口が過ぎたか」

部隊長が頭を左右に振る。

しかし、ネリムも同感であった。

それだけに濁流の元凶に疑問符が浮かぶ。

「結局あの濁流は何だったのでしょうか？」

「自然現象ではないな。近隣で雨が降った場所もなければ、氾濫するほど水量の多い川もない。魔法であることは間違いないだろう」

「ですが、あれだけの規模は……」

「スティルビーツの魔法団が一丸となれば可能だろう。だが、やつらは戦場にいた。余剰人員があるとも思えない」

部隊長クラスも明確な答えは持っていないようだった。

それは、やはりアムリヤ王国の作戦でもないということだ。

「いずれにせよ、不確定要素を放置したまま戦うのはマズいのではないでしょうか？」

「その考えが正しい。が、戦争とは時に戦場の外から働く強制力で次の行動が決まる。この戦争で領地を多く削られた。講和の条件交渉を少しでも有利に進めるために立ち止まるわけにはいかない」

「継戦ですか」

「上の命令には逆らえん。今日にでも動くかもな」

部隊長が頷く。

どちらも飽き飽きしたような顔つきであった。

それからネリムが別の部隊に配属される旨と、そのポジションを伝えられる。

ヘトアの出方によって変わるため、何パターンも用意されている定位置を頭に叩《たた》き込むのだった。


再び戦況が動き出す。

動いたのはアムリヤ王国であった。

スティルビーツは防戦の構えをしている。

「……」

ネリムはアムリヤ王国の最精鋭と並びながら気まずさを感じていた。

じめじめとした土も居心地の悪さを助長している。

(みんな気にかけて話してくれたけど……やっぱりピリピリしてる)

他国の侵攻を許してしまったこと。

相手がヘトアであること。

戦況が長引いていること。

内政に対する不満。

様々な要因が重くのしかかり、誰もがお世辞にも機嫌が良いとは言えなかった。

だが、戦場が機嫌に合わせるはずもない。

鐘の音が鳴る。

「行くぞ、ヘトアはあそこだ」


黄金色の髪が出迎える。


ネリムにとって、ヘトアとの戦いは一手一手が新しい発見に繋《つな》がった。もしも味方がいなければ一瞬にして葬られていたことだろう。

鮮やかに舞う黄金色の髪さえも美しさに見惚《みほ》れるための武器だと思えた。

「くそっ……！」

近衛騎士団長の片腕が飛ばされる。

新しい人員が補充された。

ヘトアとの戦いは常に五対一が維持されており、最初から投入された者はもういない。

ネリムも良くて十数分持つかどうかだろう。

そんな中で、ネリムはただただ敬意を抱いていた。
(すごい、すごい!)
間違いなく、人族最強。
ネリムはヘトアの一撃の重みを噛《か》みしめながら理解させられていた。
(同世代だって聞いてたのに、すごい!)
それは今まで感じたことのない実力差だった。
老練さがあり、しかし旧来の戦い方に囚《とら》われない新技法が混ぜられている。
ネリムの剣技も読まれることの方が珍しかったが、それは我流であるが故だった。
ヘトアの場合は正統な流派の剣術を昇華させている。
対するには年季が違いすぎた。
(差が付くわけだ——っ!)
ネリムの剣が大きく飛ばされる。
武器を握る手の力がない。スタミナ切れだった。
同時にネリムの引き時を見極めた実力者が代わるように入る。
(すごいなぁ)
下がりながら、ネリムは悠長にそんなことを考えていた。
細かい傷を治すために治癒士が現れる。

剣を回収して体力を回復させる。

こうして間断なく、ヘトア一人のために一国の最高級戦力が投入されているのだ。

(私には到底真似できない。いいや、私だけじゃない。きっと誰にも真似できることではない)

そんなヘトアでも戦場を押し切れていないのは、ひとえにアムリヤ王国の戦力層の厚さだろう。

こうしてネリムとヘトアの初の邂逅《かいこう》は終わる。

◇

「――講和が難しい？　それは……でも」

ネリムが不満げな表情を浮かべる。

だが、そう告げた近衛《このえ》騎士団長の片腕を見れば、自然と言葉の矛も収まった。

「言いたいことは分かる。もはや消耗戦だ。このまま続ければたとえスティルビーツに勝利しても再び帝国の侵攻を許すことになるだろう。魔族側にも怪しい動きがあるという情報が入ってきている。それに私の腕もなくなっていることだしな」

自嘲気味に笑っているが、利き腕が飛ばされているのだ。もはや戦場に立つことはできないだろう。

騎士にとっての誇りが欠けたも同義だ。

救いとしては戦場で失えたという誇りがあることくらいか。

「……」

これからは無傷なネリムが戦場に立たされる回数も増える。

だからこうして伝えにきている騎士団長の苦しい心も推し量れるものがあったのだ。

「スティルビーツの戦力は疑いようがない。ヘトアが大陸屈指の実力を持っていることだけでなく、一兵一兵に至るまでが精強だ。完全な勝利は途方もなく難しいだろう」

「それでも勝たなければいけませんか」

「アムリヤ王国は負けすぎた。頭に血が上っている者も少なくない。軍部も、内政官も」

「でも、妥協や撤退だって必要のはずです」

「そうだな。大敗はしたが滅んではいない。このままではアムリヤ王国の名前が地図から消えることになる。上を討とうとしている奴《やつ》らまでいるらしいからな」

それは暗にクーデターの可能性を示唆していた。

混乱を極める情勢に、ネリムはため息をついた。

（もう戦うのは疲れた。みんな同じ考えのはず。スティルビーツの人達《たち》だってそう。きっと、あのヘトアだって……）

それは希望的観測に過ぎない。

だが、たしかに戦場には疲労と困憊《こんぱい》の空気が充満しているのだった。


しばらくしても停戦や講和が訪れることはなかった。

こうして戦況は佳境に入ることになる。

さらに帝国がスティルビーツ側で参戦することを発表した。

本来であれば、それを食い止めるのが本国の内政官の役割だった。

あるいは同盟国に援軍を要請することだってできたはずだ。

だが、不当に過大な請求権を主張していたためにいたずらに信用を損ねていたアムリヤ王国にはできない話であった。

これで兵の数でさえも上回られたことになる。

（欲をかいた結果がこれか）

ネリムは若いが、傭兵として幾度となく戦場を回ってきた。

その経験から来る勘が、アムリヤ王国が滅びゆく定めにあることを悟っていた。

亡き父と兄のため、そして今も生きている母と姉のために戦っていた。できれば存続させたい。

達観にも似た無念の思いばかりが胸中にあった。

——鐘の音が鳴る。


スティルビーツの侵攻が始まった。

対帝国戦線の補充のため、アムリヤ王国が人員を割いた直後を狙ってのことだった。

ネリムのすぐ横の野営地が大規模な魔法によって炎に包まれる。

悲鳴が少数だったのは戦いに疲れていたのもあるが、襲い来る魔法によって悲鳴を上げる余地すらなかったからだ。

ネリムは応戦するために前線に向かう。

ここでやれることはひとつだけだ。

(ヘトアを止める——！　たとえ数分だけでも……それだけでも数百の兵の命が救われる！)

それは決意だった。

ネリムが命を投げうつのはこれが初めてだった。

いかなる戦場であれ、その実力があれば逃走は容易《たやす》いことだったからだ。

だが、ヘトアが相手ではそうもいかない。

死を覚悟していた。

「――！」

ヘトアが眼前に立っている。

悪魔か神か。

気圧《けお》されながらもネリムに後悔はなかった。

「――ッ！」

「――」

二人の剣戟《けんげき》には誰も近寄れなかった。

ここにきて一段とネリムの技量が増している。

今まで仲間への気遣いに回していた分の力も遠慮なく発揮することができた。

さらに、ネリムはあまり使うことのなかった魔法を戦いに織り交ぜた。

それらも相まって、この戦場で初めてヘトアの衣服に切れ跡が残る。

「――すごい。天才ってやつだ」

数拍して、それがヘトアの声であると分かった。

「……」

素直な喜びがあった。

だが、ヘトア以上にボロボロな自分がいる。

その屈辱もあった。

「私はヘトア・スティルビーツ。この戦場で名前を刻もう。あなたの名前は？」

ヘトアが覚えてくれるというのだ。

この戦場に名前が残るというのだ。

ならばネリムに答えない道理はなかった。

「ネリム」

たった数日でネリムはヘトアに尊敬の念を抱いていたのだ。

これで死んでも悔いはなかった。

「戦えて光栄だった、ネリム」

黄金色の髪がたなびく。

ヘトアの剣が掲げられる。

たった一振りの剣であったが、不思議とネリムの目には幾つもの残像が見えていた。

「次の命があるのなら――あなたと共に戦いたい、ヘトア」

それが遺言であることは誰の耳にも明らかだった。

ネリムの方こそ光栄だった。

最後の相手がヘトアであることは誉れとなるだろう。

――さようなら。


告別の言葉を胸に秘める。

しかし、諦めたわけではない。

最後の一瞬まで目を閉じることはない。

剣を構える。

到底防ぎきれない一撃を迎え撃つために。


――鮮やかな音。


それはスティルビーツに伝わる楽器であった。

ネリムが何度も聞いていた合図である。

ヘトアの一撃が止まった。

「どうやら終わりみたいね、ネリム」

楽しそうにヘトアが笑い、周囲を警戒しながら去って行った。

「スティルビーツの撤退……どうして」

幻聴であるのか。

消えゆくヘトアの姿を見てもなお信じられない。

ネリムは構える剣を納められなかった。

◇

帝国が滅ぼされた。

そのニュースはヘトアが下がってからもたらされた。

しかし、帝国が滅ぼされたとしてもスティルビーツが撤退する要因にはなり得ない。援軍が期待できずとも、優勢に進んでいたのだから侵攻を続けるべきであった。

それでも撤退を決めたのは、人族同士での戦いをやめなければいけないと悟ったからである。

魔王の誕生である。

(あの濁流の元凶は魔族だった)

帝国が一夜にして滅ぼされたのも同様の魔法が原因であった。

アムリヤ王国とスティルビーツ王国の戦線で使われたのは実戦投入前の実験だったのだろう。

それが人族側の結論だ。

何にせよ。
まもなくして女神アステアの神託を受けて勇者が決まった。
（勇者ヘトア……私からしてみれば必然だ）
戦場では無類の活躍をみせた。
窮地にあっても人を救ってみせた。
敵にさえ敬意を払ってみせた。
ネリムに異存はなかった。
だが、ひとつだけ。
勇者ヘトアが指名したパーティーのメンバーだった。
「……――なんで私を剣聖に指名したんだろう」
剣聖ネリム。
史上最高と、これから何代にも渡って讃《たた》えられる剣聖の誕生だった。

◇

魔王の誕生で世界は一変する。

いがみ合っていた人族が協力体制に入る。

さも昔から仲が良かったかのように振る舞う。

それは全て『アステア』の名の下に国家や強大な組織が——半ば強制的に——統一されるからであった。

魔族は魔王の名の下に全てが決められる。

こうして完全に人族対魔族の構図が出来上がった。

大陸に脈々と受け継がれている流れだ。

時代の流れはあれど、この世代の獣人やエルフなどの他種族は傍観あるのみであった。


(……ここが旧帝国領?)

複数の王国を統べて謳歌《おうか》していたはずの華の都。

それが今や黒煙を上げている。

巨城は崩壊しており、魔族に蹂躙《じゅうりん》されていた。

「見る影もないね」

隣で勇者ヘトアが言う。

「言葉が過ぎるぞい。たった一日で落とされたとはいえ、必死に戦った者達《たち》の魂が眠っておるのだからな」

後ろから白いヒゲを蓄えた老齢の男性が言う。

片手には歪《いびつ》な形をした杖《つえ》が握られていた。

一見すれば森で拾ってきた適当な大木の枝に見える。

だが、よく見ればわかる。

それが握りやすい形状をしていて、随所に高価なマジックアイテムが装飾されているものであると。

分かる者ならば、それが魔力の伝導を容易にし、魔法の精度と威力を上げていることに気が付く。

そして、持ち主がこれほどの杖を持つに値する猛者であることも。

「うふふ。ヘトアはそこまで意識して喋《しゃべ》ったわけじゃないと思いますよ。許してやってください」

シスター姿ではあるが、衣服を着ていてもグラマラスと分かる魅惑的な女性。

漂わせている色香とは別に、アステア教の司祭であることを示すバッジが胸に付けられている。

女神アステアが模《かたど》られている木製の質素なものだが、それはアステア教によって認められた最高位の治癒士の証《あかし》だ。

数世代後には途切れてしまうアステア教の風習だった。

「うー、聖女。それバカにしてるでしょー」

「さぁ、どうかしら」

三人は随分と気楽そうな雰囲気を背負っていた。

周囲には人族の大軍。

対面には魔族の大軍。

これから総勢三十万を超える大戦が行われるというのに、ここだけ酒場のような雰囲気であった。

（でも、これは余裕でも油断でもない。軽口を叩《たた》いてコンディションを確かめ合っている）

それはネリムの考えすぎであったかもしれない。

しかし、三人の調子がいつも通りであることに安堵《あんど》を覚えていたことは確かであった。

それも目的のひとつかもしれない、なんてネリムは付け加えるのであった。

この戦場で勇者パーティーは初陣を飾った。

賢者オリゴレウスは得意の大規模魔法によって実に三万の魔族を屠《ほふ》って見せた。

聖女リーリレナ・リリスは人族の生存者を大幅に増やした。

剣聖ネリムは七大魔貴族の三人を討伐した。

勇者ヘトアは魔族軍の二万と七大魔貴族の一人を討伐した。

大戦果であり、恐るべき大勝であった。

(こんなに順調にいくものなの?)

ネリムが考える。

しかし、それが杞憂《きゆう》であることを一年もしないうちに理解する。

――魔王の首元にまで迫ったのだ。

賢者も聖女も優秀であった。
その実力は歴代でも指折りだろう。
さらに勇者ヘトアと剣聖ネリムの存在だ。

『歴代最強の勇者・剣聖は誰か――』
そんな議論が起こる度に名前が挙げられるほどの人物が同時代に二人もいたのだ。魔族と争う意味すらも考えてしまうほどの快勝をしてしまうのは必然だった。

◇

魔王城。
勇者パーティーはそこまで迫っていた。
ただし軍勢はいない。
あくまでも四人だけだ。

少数である理由は魔族領の危険度が高い魔物に起因する。

一般兵では到底太刀打ちができず、既に魔族の軍勢を多く削っている以上、これより先は勇者パーティーの単独行動の方が良いと考えられたからだ。

そして、それは人族が魔族の領地を完全な支配下に置けない理由でもあった。

幾度となく魔族が侵攻してきても押し返せる戦力を有しているが、開拓できるほどの力は持っていないのだ。

もちろん、領土の奪い合いを魔王としてきたのは事実であり、種族ごとによる大陸の地図が何度か塗り替えられてはいるが。

しかしながら事実として、人族の領地でも竜の住処《すみか》や危険度の高い森林には足を踏み入れることすらできていない。

けれど、それは逆も然《しか》りである――

この大陸における各種族の生存圏はそれほど確固たる地盤の上に築かれていたのだ。

「どうしたの、ヘトア」

魔王城を前にして、ヘトアの様子がおかしいことにネリムが気づく。

いや、もっと前からおかしかった。

口数は少なくなっていたし、目を合わせることすらしなくなっている。

戦闘のレベルは高いため問題なく攻め入ることはできていたが、いよいよネリムの心配も限界に達していた。

「な……なんでもない」

口調も態度も挙動不審だ。

「あら、今日はやめておきましょうか？」

「いいんだ！——……いや、大丈夫。いこう」

ヘトアが声を荒らげる。

怒声にも聞こえてネリムが驚きを見せると、ヘトアは冷静に淡々と答えた。

賢者がヒゲを撫《な》でながら言う。

「いや、やめておこう。何か悩んでいることがあるのだろう。一日くらい遅れても問題ない。どうせ魔族には何もできないのだから」

賢者の言うことは正解であった。

魔族軍は既にトドメを何度も刺されて瓦解しないのが不思議なほどの状態であり、魔王も幾たびかの戦場で刃を交えて力を削っているため、全快には程遠いだろう。

対して勇者パーティーには余力がある。

「……そう、だね」

こうして最終決戦は一日先送りされることになる。

◇

ネリムとヘトアが焚《た》き火《び》を囲んでいた。

賢者も聖女も、この場を意図的に離れている。どちらも勇者と親しくあったが、ネリムほどではないことを知っていた。

ネリムは度々ヘトアに教えを乞うていたし、ヘトアはネリムの才能を認めていた。

その強さゆえに戦場で命を助け合うほどの危機はなかったが、心の底からお互いのことを理解し合えるのは二人だけだろう。

賢者も聖女もそのように考えていた。

「どうしたの、ヘトア」

「実……は……」

ヘトアが言いかけて止める。

だが、ネリムは続きを促すことはしない。

自分のペースで喋らせることが肝要であると考えたからだ。

しばらくして、ヘトアに笑みが戻る。

「あはは。実は女の子の日でさ」

「……ほんとに？」

ネリムが首を傾《かし》げる。

そもそもヘトアが重たいと弱音を吐いたことは一度もない。

が、

「明日には直ってると……思うから」

ヘトアがそう言う以上は、ネリムも頷《うなず》くほかになかった。

翌日。

ヘトアの様子は相変わらずであった。

「何か言っておったか、勇者は」

賢者の問いに、ネリムが答える。

「腹痛だったそうです。今日には調子が良くなると言っていましたが……」

「ふむ。それにしては長いな。魔族領に入ってからずっとではないか」

賢者は不可解そうな様子だ。

ネリムも同感だった。

ヘトアの不自然な様子に疑念が拭いきれない。

しかし、聖女は分かりきった顔つきで言う。

「ヘトアの背負っている業は重い。私達《たち》とは比べものにならないほど魔族も人族も数多く、区別なく殺してきたのだから。この決戦が終わったら楽をさせてあげましょう」

そう考えるのは自然だ。

ヘトアだけではなく、聖女も賢者も、そしてネリムも疲れ切っていた。

人の心を失わないようにするためには、殺した時の感覚を麻痺《まひ》させないようにするしかない。

左胸を締め付けられる思いをしながら耐えるしかないのだ。

だが。

それが生温《なまぬる》い勘違いであると知り得たのは、ネリム一人だけであった。

◇

「なによ、これ！　魔王は死んだはずじゃないの！」

「これは魔法か……？　ワシは知らんぞ……こん……な……」

「賢者様……！……あ……ぁ」

賢者も聖女も息絶える。

身体《からだ》は黒く朽ち果て炭のようになり、崩壊した魔王城の隙間風でどこへやら飛んでいく。

◇

ネリムも身体が黒く染まっていた。
感覚が薄まっていく。
賢者や聖女のように自分も死ぬのだと理解した。
それでも冷静になって――ヘトアだけが無事なことに気が付いた。
（最初は……ヘトアがなんともなくて安堵《あんど》した……）
けれど。
ヘトアが慌てず何もせず。
死んだような目でみんなを見ていることにも気が付いてしまった。
「ねぇ、ヘトア。どうして……？」
ただ疑問だった。
理由がわからなかったのだ。
ネリムの問いかけにヘトアが一瞬だけ目の光を取り戻す。

「私だってこんなことはしたくなかった」

それは暗にヘトアが魔法で殺したことを示唆していた。

ネリムも疑いが確信に変わった。

余計に辛《つら》くなった。

「なら、どうして」

「……アステア」

ポツリと呟《つぶや》いて、それ以上は喋《しゃべ》らなかった。

ネリムから視線を逸《そ》らして魔王城を後にする。

振り返ることはなかった。

◇

元々のネリムは剣技だけを磨いていた。

身体能力のセンスがずば抜けていたから、魔法を取得する理由がなかったのだ。

だが、人生を重ねていくにつれて、人を尊敬するという感情を知った。

ヘトア・スティルビーツ。

同い年の少女だと知って驚いた。

自分よりも強くて気高くて優しい勇者に憧憬すら抱いた。
彼女は剣技がすごい。
でも、それに驕《おご》ることなく魔法もすごい。

だからネリムも。

——魔法を覚えた。

ネリムが『アステアの徒』によって作り上げられた最強の魔法から逃れられたのは、それが延命に過ぎなかったとしても奇跡といえるだろう。
たとえ自らが剣となる呪いが死を免れる代償として必要であったとしても。
決して自らでは解けない魔法であったとしても。

『……アステア』

ネリムは元凶を知る。

数百年変わらずいつも月日で世界を記憶に刻む。

脳の片隅にある情報を頼りに点と点を線で結ぶ。

あらゆる可能性を考慮したパターンを作る。

時に疑心暗鬼になり、時に人を過剰なまでに信じて。

たったひとつの答えと思《おぼ》しきものに何度も何度も至り。


そうしている間に、いつの間にか【禁忌《きんき》の森底《しんてい》】に流れ着いた。

◇

朝日がクエナ家を照らす。

シャコシャコと音が鳴っていた。

洗面台でジードとクエナが歯を磨いているのだ。

朝の何気ない日常があった。

「朝ごはん、何にしよっか」

「お肉」

「朝から？　私はパンとスープで」

「ああ、それ俺のも頼む」

「じゃあサラダ作ってくれない？」

「わかった」

それぞれの分担する内容が決まった。

普段ならばシーラが一人で率先してやるのだが、この二人も意外と息の合った連携を見せている。

物足りなさはあるが、これもこれで悪くはないと二人は感じていた。


「「もぐもぐ」」

二人の食事は静かなものであった。

だが、気まずさはない。

落ち着きと心地良さがある。

それは戦場に慣れた二人が警戒心を出さないでいられる場所だという共通認識が成り立っているからだ。

完全な信頼関係が築かれている証《あかし》でもあった。

「そういえば、またアステアの教会が襲撃されたみたいよ」

「またか、物騒だな。ユセフのときみたいに魔族が暴れてるのか？」

「犯人は分かってないみたいよ。あれ以降あまりニュースにもなってないし」

「ニュースになってないのか？　結構な事件だと思うんだが。不安にさせないため、とか？」

「だとしても周知させて危険を回避するよう伝えるべきだと思うけど。そもそも情報が入って来てないとか？　襲っているのも夜中が多いみたいだし、証言も少ないんじゃないかしら」

「なるほどな……」

二人の皿が空になる。

シンクにまで持っていき、洗うのはクエナ、拭くのはジードと役割が分担されていた。実際に二人で家事をするのは初めてだったが、野宿を重ねていくうちに、自分がやるべき事を理解しているのだった。

「そんなことよりも――シーラの件どうなった？」

昨晩、二人で話し合っていた。

すぐさま行動したいところだが、相手はかなりの熟練者であると戦闘だけで分かってしまった。

闇雲に捜しても、おそらく意味がないことに気が付いたのだ。

その結果、最も情報を持っていそうな人物に声をかけることにしたのだ。

「ああ、ちょうどリフから連絡が来ていたよ。あと一時間後にギルドに招集されている」

ジードがギルドカードを取り出してからクエナに見せた。

「そ。忙しいみたいだったのに会えるのね」

その言葉は皮肉交じりだった。

それもそのはずで獣人族領へ旅立つ前、シーラに最後に会った時にリフが連れて行ったところを目撃していたのだ。

しかも怪しげな儀式をすると言っていた。

何かしらの事情をリフが知っていることは言わずもがな、だった。

◇

ギルドマスターの部屋の扉を中指で叩《たた》く。

中から入室の許可を告げる声が届き、俺とクエナは足を踏み入れる。

「よく来たのじゃ」

リフがニッコリと笑みを浮かべながら俺たちを歓迎する。だが、その貼り付けたような笑みは、作られているものだと分かった。

「悪いな、会ってくれて。忙しいだろ？」

「いや、近々こちらから呼ぶところだったのじゃ」

「シーラの件か？」

「うむ」

笑みが一転して深刻な顔となった。

真面目な話に移り変わる瞬間だと理解する。

突然、リフが頭を下げた。

「すまぬ。シーラの身体《からだ》は乗っ取られてしもうた」

「ああ、知ってるぞ。昨日会ったからな」

「会ったじゃと!? それからどうなった！ やつは何て言っておった！」

ガバリと頭を上げて鬼気迫る顔で聞いてくる。

「いや、何も。取り逃がしてしまったし……」

「む、そうか……」

「ねぇ、あれの正体は誰なの？ シーラはどこに行ったのよ？」

「そうじゃの。おぬしらには順を追って説明しなければならぬの」

リフが一拍置いて話し始める。

「まず、邪剣の正体はネリムという」

「ネリム……？」

クエナが眉をひそめる。

「知ってるのか?」

「昨日言ったでしょ。シーラの身体を乗っ取ったやつで、思い浮かんだ人がいるって。そのうちの一人がネリムよ。史上最高の剣聖と呼ばれていた人」

「史上最高の剣聖?……いや、ちょっと待て。思い浮かんだ人って全員……」

「そう、死んでる。だからリフの言っている人は違う――わよね?」

クエナがリフの方を向く。

それはさも答え合わせのような問いかけであった。自らの答えに一抹の不安すら持っていない。

だが、クエナの予想に反してリフは首を横に振った。

「いいや、違わぬ。歴代最高の剣聖であった、かの『神域』のネリムじゃ」

「なっ……だって彼女は確かに死んだって……」

「うむ。歴史が語っておる。疑いようのない完璧な史実がネリムは生きていないと明言しておるのじゃ。されど、生きていてくれた」

さも喜ばしいような言い回しだ。

「じゃあ、そもそも邪剣じゃなかったってことか?」

「自らの意思で邪剣に姿を変えていたのじゃ」

クエナが頭を抱える。

これは確かに訳の分からない情報量で混乱しそうになる。

「そいつがどうしてシーラの身体を乗っ取ったんだ?」

「本当にわからぬ。こちらは友好的にしていたつもりだったのじゃが、話すらしてもらえないほどに警戒心を持たれておった。本来、自らを剣の姿に作り変える魔法は不可逆。自分では人の姿に戻れないと言うから、わらわが邪剣から本当の姿に戻したのじゃが——シーラごと連れて行かれたのじゃ」

「バカっ。私たちはリフを信じていたのよ」

「言い訳はせん。本当にすまぬ」

このやり取りで、少しだけ安心している俺がいた。

リフが嘘《うそ》をついているようには見えなかったからだ。

最悪の可能性は、リフがシーラを罠《わな》にはめたことだった。そんなことをされれば俺たちも対処が難しくなる。

もちろん、リフがそんなことをするとは思わない。だからこそ、微《かす》かにでも疑っていた自分に反吐《へど》が出そうになるくらいだ。

「ともかく今はシーラを取り返すことが重要だ。リフは何か知らないか? ネリムとやらが行きそうな場所を」

「実はアステア関係の建造物が連続で襲撃される事件が発生しておる」

あらかじめ用意していたであろう情報をもたらす。

が、それは意外なものであった。

クエナにしても動揺している。

「ええ、知っているわ。……ちょっと。うそでしょ？」

別件に聞こえたリフの話は、しばらく考えるとシーラに結びつく。

クゼーラの教会で神父が言い淀《よど》んでいた理由はこれか。彼は俺達《たち》とシーラが仲間であると知っていたのだ。

思い返せば聖剣もアステアと関係がある。

そうなれば俺たちを襲ってきたことにも説明がつく。

「でも、どうしてそんなことをしているんだ？　史上最高の剣聖ってくらいだから勇者パーティーだったんだろ？　アステア教とは仲が良かったはずじゃないか」

「あやつの目的は不明じゃ。だがの、明確な敵意を示している組織が真・アステア教じゃ」

「名前が変わってしまったから信じられないとか……」

「その程度であれば話し合いの余地は十分あるじゃろうて」

「……シーラもどんだけ運がないのよ。いや、邪剣なんてものを受け入れた時点でアホだけどさ」

不用意なことをしているとは分かっていたはずだ。それでも受け入れたのは、危険ではないと考えていたからだろう。

実際に俺自身も同じことを考えていた。

それがこうして危害を加えられ、見通しが甘かったことが悔やまれる事態になってしまった。

「そこでじゃ、おぬしらに頼みたいことがある。Sランク相当の極秘依頼じゃの」

「俺たちに依頼？」

「なるべく傷つけず、シーラとネリムを捕縛して欲しい。それも誰にも見つからず、バレず、これ以上の被害を抑えて欲しいのじゃ」

「言われるまでもないな。俺は最初からそのつもりだ」

リフの下に来たのもシーラの詳細を聞き出すためだった。彼女を救うために来ているのだから依頼でなくとも助け出すことを前提で動いている。

「うむ。されど、それはシーラだけの話じゃろう。わらわはネリムに関しても捕縛して欲しいと頼んでおるのじゃ。穏便に、誰よりもはやく」

毅然《きぜん》とした態度だが、どこか申し訳なさを含んでいる。

彼女なりに失敗したことを反省しているのだろう。

その上で俺達に頼んでいるわけだ。

クエナが前に出る。

「教えて欲しいんだけど、なんでネリムにこだわるの？」

「……それを知ってどうするのじゃ？」

「むしろなんで説明されないわけ？」

かなり苛立《いらだ》っている様子だ。

こうも感情的になっているのは、シーラを危険にさらしたからだろう。

それには自業自得な面もあるのだが、リフがトドメを刺したようなものだとも捉えられるからだろう。

その理由を明かさずに虫のいい話をされても納得しかねるのだ。

「わかった。おぬしらには特別に教えよう。ただし、ネリムを連れ帰ってからじゃ」

「……ちゃんと説明を受けていないのに依頼は遂行しろって？」

「担保が必要ならば言うのじゃ。この腕でも落とそう」

リフが片腕を突き出す。

その目は冗談を言っているようには見えない。

さすがのクエナも気圧《けお》される。

「ぐっ……わかったわよ」

大人しく引いた。

　これ以上はなにも言うことがないようだ。

「リフ、俺も説明は後でいい。だけどひとつだけ魔法を教えて欲しい」

「魔法？」

「急を要する依頼なのは分かっているから、この場で一回使ってもらうだけで構わない。『代替魔法』というものを知りたい」

　ネリムがシーラに行使したであろう魔法だ。

　リフほどの魔法の使い手ならば知らないはずがないと踏んだ。

　そして、その予想は正しかったようで、リフもさほど難しい顔はしなかった。

「なるほどの。たしかにジードの目ならば一度見ただけで覚えられるじゃろう。されど、なぜその魔法を知りたいのじゃ？」

「ネリムだと分かっていてもシーラの顔を前にしたら戦いづらい。知っているやつとは極力戦いたくないからな」

「くく。あい分かった。クエナ、近くに寄ってくれ」

「えー……」

　クエナがこれから起こる事態を予期して露骨に嫌そうな顔をしている。しかし、こうしている間にもネリムが暴れているという事実が脳裏を過《よぎ》ったのだろう。本当に嫌そうな顔ではあるがリフの隣に並んだ。

リフの魔力がうごめく。

「よく見ておくのじゃ――――あれ？」

「どうじゃ。わかったかの」

リフが途端に腑抜《ふぬ》けた顔になっている。

目が点になって周囲を見回していた。

反対に嫌そうな顔をしていたクエナは涼しい顔をしていた。

どうやら完全に入れ替わっているようだった。

なるほど、これは。

「助かったよ。よくわかった」

「では実践してみるかの？　今度はわらわとジードが変わろうか」

クエナ――の身体のリフ――が手を差し出してくる。

「ちょ、ちょっと待ってよ！　ごちゃごちゃになるからいやよ！」

リフ――の身体のクエナ――が慌てて拒否する。

「たしかにクエナの言う通りだ。これ以上はめちゃくちゃになりそうだからやめておこう」

「くく、そうじゃの」

心底楽しそうに笑っている。

悪戯《いたずら》っぽいクエナの顔に普段とは違うギャップが垣間見《かいまみ》え、ちょっとかわいい。

「だけど試させてはもらうよ」

俺の魔力が二人を包む。

「…………あれ？　戻った？」

「そのようじゃの。さすがと言うべきかの。普通ならば数十年の魔法の知識と経験を積んだ上で、さらに数年の修行の末に習得する魔法のはずじゃが……くく、笑ってしまうのう」

その計算ならリフは一体どれだけの月日を費やしたのだろう。幼女に見えるのに。あるいは才能があって日は要さなかったのかもしれないが。

しかし、これで。

元通りになった二人を見て、魔法の取得を確信した。

「ありがとう。これなら応用もできそうだ」

「頼もしいのう」

「ほとんど何が起こってるのか分からなかった……もうここまで来ると怖いわよ……」

クエナが震えるように両腕を抱え込む。

自らの身体《からだ》が一瞬でも乗っ取られていたことに恐怖でも感じているのだろうか。

それならばシーラはどのような心持ちなのか。

さて、とリフが口にする。

「ジードよ。これを持つのじゃ」

「これは？」

綺麗《きれい》なカッティングが施されている。たしかラウンドブリリアントカットとかいう豪華な名称だった気がする。

宝石などに使われるような研磨のされ方だが、これは紛れもなく魔力を纏《まと》っているマジックアイテムだ。

それが黄金色に輝いている。

一目見ただけで分かる。

相当な時間を費やして作製された精巧なアイテムだ。

「なぁに、ちょっとした特注品じゃよ。何があっても肌身離さず持っておれ。そして、もしもシーラに危険が訪れたのなら、常に一緒にいてやるのじゃ」

「これも事情を説明できないのか？」

俺の問いにリフが肩を竦《すく》める。

もはや言葉も不要というわけだ。

◇

ギルドマスター室から外に出る。

「ここからは別行動にしましょうか」

クエナが提案してくる。

「ん、そうするか？」

「手分けした方が捜せる範囲も広がるでしょ？　リフから随時情報は送られてくるわけだし、私は別の方法で追いかけてみる」

「そうだな。俺は聞き込みをしてシーラを捜してみるよ」

「私はまず情報屋から探ってみる。どんなに隠密《おんみつ》に行動していても拠点は用意しているはずだし、足跡が丸っきりないわけでもないと思う」

「ああ」

不意にクエナが笑みをうかべる。

それから俺の目を見つめながら一言。

「何よ、私が一人行動だと不安？」

「そうじゃないが……」

不安そうな顔をしてしまっていたのだろうか。

「大丈夫よ。私は負けない。史上最高の剣聖といえど、ずっと邪剣の姿になっていてブランクがあるはず。今ならまだ身体に慣れていないと思うし」

それに、と自慢げに続ける。

「あんたがいるから霞《かす》んでいるけど、私は次のSランクの最有力候補だったんだからね」

「たしかにそうだったな」

思わず笑いがこぼれる。

それが不自然に見えたのか、クエナが怪訝《けげん》そうに顔を覗《のぞ》いてきた。

「なによ？」

「いや、クエナと最初に出会った時のことを思い出しちゃって。覚えてるか？　『私がSランクになる』って突っかかってきたんだ」

「……！」

クエナが俺の背中をバシバシと叩《たた》きながら、赤面した顔を押さえる。かなり積極的で過激な行動だったことを思い出しているのだろう。

「あれは若気の至りってやつよ。忘れて……！」

「若気ってほど時間も経《た》っていないけどな」

「それでも忘れるのー！」

臭い物に蓋をするが如《ごと》く、クエナは無理やり話を流そうとした。

◇

クエナは情報屋に話を聞きに行った。きっと彼女ならばシーラの行方を摑《つか》んでくれるだろう。

問題は俺の方だ。

今更ながら考え込んでいた。

（……聞き込みするとは言ったけど……嫌われてる俺の質問に答えてくれるか……？）

そりゃ何人にも聞けば一人は答えてくれるだろう。

だが、前は串肉屋の店主に声を掛けただけで、他の店のやつが「こいつとは話さない方がいい」なんて言ってたくらいだし……

あれはかなりメンタルが傷ついたのを覚えている。

（でも、今もシーラは危険な目に遭っているかもしれない……）

そんなことを考えると俺のメンタルなんて屁《へ》でもない。

次の瞬間には、とりあえず答えてくれそうな男の下に向かっていた。

路地裏。

ここに男が来るという情報を摑んでいる。

というか前にここで肉の出し入れをしている様子を見ていた。

「うおっ！　びっくりした……」

串肉屋の店主は俺の姿を捉えると、猫のようにバックステップを決めて心臓を押さえていた。

かなり運動神経が良い。

ガタイも良いから元々は別の職業をしていたのかもしれないな。

「すまん。表で声をかけると迷惑だと思ってさ」

「驚かせてくる方が嫌だぞ……」

「それもそうか。すまん」

二度目の謝罪を口にする。

怒ってはいないようだが不快にはさせてしまっただろうな。

「まぁいいさ。それよりも何本だ？」

店主にしてみればいつもの流れで聞いたのだろう。

買う予定はなかったが、クエナと朝食を取ってからしばらく経っている。小腹も良い感じに空《す》いてきたので戦の前の腹支度をしよう。

「ああ、そうだな。じゃあ五本ばかし貰《もら》おうかな」

「あいよ、まいどあり。ちょっと待っててくれ」

路地裏にある肉を「よっこらせ」と言いながら運んで行った。

それから数分もしないうちに来た。

「早いな。ちゃんと焼いてるか？」

「店の分はなくならないように加減してんだ。さっき持っていった肉は焼いてる途中だ」

「ふむ。たしかにいつも通り美味《うま》い」

慣れ親しんだ味だ。

シーラの作る飯を除けばこれが俺のおふくろの味ってやつなのだろうな。

「そもそも生焼け程度でSランク様がお腹《なか》壊すのか？」

「毒を仕込んでも無理だろうな」

「今度試してみるか……」

「おいこら」

「ぬはは、冗談だよ」

豪快に笑いながら店主が背中を向ける。

どうやら店に戻ろうとしていた。

「ちょっと待て、聞きたい話があるんだ」

「おん？」

珍しいな、と表情で語っていた。

「実はシーラを捜しているんだ。ちょっと行方不明でな」

「金髪の嬢ちゃんか？　たしか……なんかで聞いたな、そういえば」

「本当か？」

「ああ。でも誰と話したかも……うーん」

「なんでもいいんだ。大まかな場所でも」

店主が腕を組んで頭を捻《ひね》っている。

どこかで知り合いを見かけた、程度の会話だったのだろう。

だが、俺はそういった情報しか頼れるものがない。

「あ、そうだ。たしか神聖共和国との国境沿いだ」

ポンっと手を叩く。

「国境沿い？ってことはクゼーラの中にいたってことか？」

「その時はな。近くに村があるんだが、そこで一部の肉を取引してんだ」

暗にもう別の場所にいると言っている。

実際に俺の探知魔法ではクゼーラ王国内でシーラを見つけることはできていない。おそらく俺を襲撃するよりも前の出来事なのだろう。

ネリムは結構いろんな場所を行ったり来たりしているようだから、この情報を追っても意味がないかもしれない。

そう思っていると。

「どうやら金髪の嬢ちゃんがその村の近くで拠点を設けてるって話だったんだ。あんまり魔物もいないのにAランクほどの冒険者が何してるんだろうって話してたぜ」

拠点。

そうなると話は別だ。

俺を襲撃した後に戻っている可能性がある。

「その村の詳しい場所はわかるか？」

「ああ、ちょっと待ってろ」

言って、店主が地図を持ってくる。

クゼーラ王都から村までの簡単なものだが、馬車でのルートなどが描かれていてわかりやすい。

「なるほど。ここか」

「そうだ。組合の連中の品物を卸してもらってるお得意さんがいるんだよ」

「意外と顔が広いんだな」

「クゼーラの商業組合の幹部だぜ？　これでも」

どや顔だ。

商業組合といえば国にも直談判《じかだんぱん》できるレベルの組織だった覚えがある。

騎士団に所属していた時、上層部がよく組合について話題に出していたような覚えがあった。

大体は愚痴だったような記憶があるけど。

「そうだったのか……串肉が美味いだけの店主かと思っていた」

「嬉《うれ》しいようなひでえような。ま、何にせよ、この村のやつに俺の紹介だって言ったら口を利いてくれるはずだぜ。おまえのことは何度か話してあるから嫌ってるやつもそういないはずだしな」

「ああ、ありがとう。助かる」

「良いってことよ。おまえには息子を助けてもらったからな」

でもよ、と店主が続ける。

「どうしたってそんな場所にいるんだよ？　まさか、おまえさんがストーキングするような真似《まね》してないだろうな」

マジな顔で訝《いぶか》しそうにしている。

これは本当に疑われているやつだ。

「これについては言えないんだ」

リフの依頼は極秘だ。

捜している理由を伝えるわけにはいかない。

「ふーん。ま、おまえにあの綺麗《きれい》な嬢ちゃんをストーキングするような歪《ゆが》んだ愛と行動力があったら、もっと悪い噂《うわさ》が流れてただろうな」

「今よりもか？」

勇者を断る以上って……

それはもはやシャレになっていない。

街を歩けばゴミを投げられてしまうことだろう。店に行ってもお断りされてしまい、いずれ森に引きこもるようになる……

想像しただけで嫌になる。

「おいおい、悪かったからあまり悩むなよ。おまえさんに元気がないから冗談を言ったつもりだったんだが、そこまで傷ついてる顔をされたら罪悪感が湧いちまうだろうが」

初めて店主の申し訳なさそうな声を聞いた。

どうやらそれほどに顔色が優れていなかったのだろう。

少しだけ気を取り直し、俺は新たなシーラの目撃情報を辿《たど》るために神聖共和国との国境沿いに向かった。

◇

村に辿り着いた。

いや、村というよりは街や都市に近いだろう。

周囲は森と山に囲まれている。

当然、魔物も徘徊《はいかい》しているようだった。

それら危険に対抗するための頑強な外壁が村を守っている。

中には簡単に入れた。

隣が神聖共和国であれば侵攻やスパイの心配もなく、比較的安全に交流を図れているのだろう。

（店主の言ってた店は……ああ、あれか）

肉と毛皮が描かれている大きな看板があった。

かなり賑《にぎ》やかそうだった。

そのうちの一人に声をかけ、事情を説明する。

「ああ、シーラさんね。アステア教の信者の人が目撃情報を探ってたんだ。ここら辺でシーラさんと神聖共和国の騎士さんが戦闘になったって話で行方を追っているみたいだよ」

どうやらここでも暴れていたようだ。

かなり足跡を残している。

もしかしたら本当に見つかるかもしれないな。

「それで村人で誰か見かけたってやつはいたのか？」

「いいや、この村にはいない。でも、この村を出た先の山に爺《じい》さんが住んでるんだ。その人が現場に居合わせたって話がある」

「居合わせたって話？」

「ああ、戦闘で負傷した騎士が言ってたんだよ。『爺さんも近くにいたんだ』ってさ」

村人が面倒くさそうに後頭部を掻《か》きながら続けた。

「大変だったよ、あの爺さんとは交流がほとんどないから。シーラさんを捜しに来た連中が村の爺さんを全員かき集めても騎士が見たって爺さんじゃなくてさ。最初は俺達《たち》がシーラさんを匿《かくま》ってるんじゃないかって疑われたくらいなんだぜ」

「それは大変だったな。ところで戦闘に居合わせたって爺さんは大丈夫なのか？　巻き込まれて怪我《けが》とかしてないよな」

「無事だったみたいだな。そもそも爺さんならAランクの冒険者さんと騎士さんの喧嘩《けんか》に交ざってもぴんぴんしてるだろうよ」

ははは、と冗談のように笑っている。

仮にもシーラと騎士が戦闘をしたら周囲は危険なんてものじゃないはずだ。

「ってことは、その爺さん強いのか？」

「さぁ。俺も詳しくないんだ」

肝心なところで男が疑問符を浮かべた。

俺が突っ込もうとすると、察知した男が先んじて補足した。

「それがさ、この村ができるよりも前から住んでいるって話なんだよ」

「この村はどれくらい前からあるんだ？」

かなり立派な街並みが広がっている。

外壁にしても築くのは大変だろう。

何より人の数が多い。

国境沿いだから人と人との交流が活発なのだろう。

それでもここまでの村を築き上げるには相当な労力と月日がいるはずだ。

到底、数年や十数年そこらでは無理だとわかる。

「俺が生まれる前からあるよ。三十年は余裕で経《た》ってるし、爺さんはそれより前からいる。凄《すご》い話があるぜ。あの爺さん、俺がガキの頃から同じ爺さんなんだ」

「同じ爺さん？」

「そ、爺さんのままなんだ。ずっと白髪でよぼよぼでさ」

「なるほどな」

あまり容貌に変化がないということだろう。

しかし、ここまで来ると噂話の部類かな。

赤の他人の変化を細かく気に掛けるやつは珍しい。

会うこと自体そこまでないだろうし、皺《しわ》を一本一本数えるようなやつなんていないだろう。

そういうことを数えて気にするのは本人くらいのものだ。

「あ、その顔は信じてないな？」

「信じてはいるさ。ここで嘘《うそ》をつくメリットなんてない」

「それもそうだがな。もっと凄い話がある。ここに村を作ったのは俺の父親の世代なんだけど、その前から祖父が度々ここら辺に来ることがあったんだ」

「……まさか、その頃から爺さんがいたって話じゃないよな？」

「その『まさか』だよ」

と、なれば容姿の変化で片づけられる話じゃない。

「どうしてそんなに長い月日を一人で生きているんだ？」

「何度か村に来るよう誘ったんだぜ。でも『ここが落ち着くんだ』って言って来やしない。魔物ばかりがいるのに何が落ち着くんだって話だよな？」

男が同意を求めてくる。

とりあえず頷《うなず》いておいた。

俺も森で暮らしていた経験がある。

常に危機感を強いられるし、孤独感も尋常じゃないものがあった。

「話をありがとう。とりあえず会ってみるよ」

「ああ……でも止《や》めておいた方がいいかもしれんぞ」

その警告は真に迫るものがあった。

まるで何かを恐れているようだ。

「どうかしたのか？　まさかその爺さんの正体が魔物だって言うんじゃないよな？」

「まぁ別の長寿の種族って話もあるんだが……あの爺さん自体は優しい人だよ。問題はアステア教だよ」

「騎士か？」

「いいや、『ボランティア』の信者のほうだ」

言い方には皮肉がこもっていた。

「そいつらがどうしたんだ？」

「たまにこの村にもアステアの布教に来るんだけどさ。結構頭のネジが飛んでんだ」

男がため息をつきながら迷惑そうに言う。

どうやら村でも評判の良い信者ではないようだ。

ここまで来れば男の言いたいこともわかる。

「そのボランティアとやらが爺さんに付きまとってるのか？」

「ご明察だ」

「どうして爺さんに？　もう話は聞いたんだろ？」

「それがどうも記憶が曖昧だったらしくて受け答え出来てなかったみたいなんだ。俺達と話した時はそうでもなかったが、いよいよ老化が激しくなったのかもな」

「俺が爺さんのところに行くのを止めたのは……もしかして、そいつらが絡んでくるからなのか？」

「かもしれないってだけだな。でも、あいつらは村でも何度か問題行動を起こしてる。あんたが強いのは重々承知しているが、警戒するに越したことはないだろうな」

「わかった」

頷いて、俺は爺さんのいる詳しい場所を聞いた。

◇

深い森。

その中で異彩を放っているものがあった。

小さな家だ。

その周辺だけが太陽に照らされており、光の下は大木でさえ不可侵とばかりに枝の一本すら近づいていない。

そんな家の外周で椅子に揺られている老人が一人いた。

「あんたがレス爺さんか？」

「ふんむ？　おんしは誰じゃったかいのぅ……」

仙人のような見た目だ。

白髪にしわくちゃな顔。

唯一イメージと違うのはヒゲが生えていないことくらいだろうか。

随分とよぼよぼして震えている。

「初めまして、だよ。俺はジードだ」

「ふんむ……ジードさんかの……？　どこかで会ったか……」

「いや、初めましてだ」

「おお、そうじゃったかい」

つい先ほどの言葉を忘れられている。

かなり耄碌《もうろく》しているのだろう。

「レス爺さん、金髪でシーラという名前の女の子を見なかったか？　俺はそいつを捜しているんだ」

「はて、見たかの……ここ数年、人と会ったこともなかったような気もするがの……」

これは困ったな。

レス爺さんという名前に反応しているから、村の男が言っていた爺さんで間違いはないだろう。

と、なれば数年間も人と会ったことがないわけがない。

少なくともここ数日で騎士の人間が訪れている。

そしてシーラのことを聞かれていたはずだ。

不意にレス爺さんが俺の腰を見た。

「うんむ？ 良い剣を持っておるなぁ……」

「ああ、これか。分かるのか？ 聖剣ってやつらしい」

未《いま》だにボロボロに錆《さ》びている。

たまに錆《さび》が落ちて中の鋭い刀身が見え隠れしているが、本当の姿を取り戻すのはいつになることやら。

「ふんむ……まぁ、人が来るのは久しぶりじゃて。中に入って茶でもどうかのぅ」

「お茶か？ そんな時間はないんだけどな……」

騎士達が話を聞けなかった理由がよくわかった。

あまり記憶を掘り起こせなくなってしまっているのだろう。

これなら各地に転移して探知魔法で広範囲を探った方が良い。

魔力の消費量的に一日二回が限界だろうが、可能性はこちらの方が高そうだ。

が。

爺さんが重たそうな瞼《まぶた》を少しだけ開いてこちらを見る。

「あと少しで何か思い出せそうなんじゃがのぅ」

調子が良いな……

だが、そう言われたら付き合うしかないだろう。

「わかった。少しだけなら」

俺が頷くと、レス爺さんが立ち上がって家の中に入っていく。

「ふぉっふぉっふぉ。入るが良い」

「ああ、お邪魔するよ」

中は質素だった。

だが、机に椅子に、マジックアイテムを用いたキッチンまである。

他にもいくつかの部屋がある。

(かなり現代的だな)

そんな感想を抱く。

森の中で一人暮らししているくらいだから、人や文明が嫌いなのかとも思った。

だが、この様子なら森の外との交流はしているのだろうか。

(もしかしてシーラの行方を追っているやつから情報を得るために信者が化けている……とか?)

かたり、とティーカップが置かれる。

もうお茶を淹《い》れてくれたみたいだった。

「ふぉっふぉ。そう警戒しなくても良いぞ。ほれ、座ると良い」

「あ、ああ。ありがとう」

俺の心情をピタリと当てた。

耄碌しているかと思えば急に鋭くなる。

これはいよいよ何かに化かされているのかもしれないな。

「おや、また客人か」

俺が座ると同時にレス爺《じい》さんが部屋の外に向かう。

たしかに外から気配を感じる。

探知魔法を使うと少し距離が離れたところから集団が近づいて来ているのが分かる。

だが、まだ人の影すら見えない。

(この爺さん――……)

◇

レス爺さんが来客に応対するため外に出た。

ドアは微《かす》かに開かれているようで声は拾える。

「爺さん、会いに来たぜ」

「はて、どなたかいの……？」

「アステア教の神父だよ、覚えてないか？」

「ふんむ……？」

レス爺さんが俺の時と同様の態度で会話している。

外に出ると途端に耄碌するのだろうか。

「まぁ俺のことはいいさ。でもその時に言っておいたことがあるんだよ。そっちは覚えてもらってないと困るんだよな。昨日の爺さんがメモとか残してないか？」

神父とやらの声は恐ろしいまでに冷徹だった。

声には笑みが含まれているが、見なくとも分かる。

目は笑っていないのだろう。

「はて……メモなんてあったかいのぅ……」

「年を食うってのは可哀想《かわいそう》なもんだな。これがわかるか？　爺さん」

「剣かのぅ……身を守るための武器だったと記憶しておるよ」

「ちょっとだけ惜しいな。これはおまえから記憶を掘り起こすための道具だよ」

さすがに聞き逃すわけにはいかなかった。

椅子から立ち上がって扉を開ける。

外に行くと剣を持っている若い神父姿の男がいた。

他にも武装している奴《やつ》らがいる。

信者ってやつだろうか。

「だれだ、おまえ」

「俺を知らないか？」

「あ？　知らねーな。おまえこそ金髪の女を見かけなかったか？」

「金髪の女ってだけじゃどこにでもいるから分からないな」

「はぁ……ったく。これだよ、これ」

神父が紙を出す。

そこにはシーラの顔が写っていた。

「知らないな」

「ちっ、なら最初から声を掛けんじゃねえよ！」

威圧的な物言いだ。

神仏に仕える人間としてあるまじき行為といえよう。

俺に怒鳴ったことで気が済んだのか、またレス爺さんの方を見て剣を向けた。

「思い出せ。ここからそう距離もないアステアの教会を潰して、あまつさえ警護に当たっていた神聖共和国の騎士を倒して逃げてんだ。追っかけた騎士がこの辺で倒されて、その時におまえがいたって証言している。匿《かくま》っているんじゃないか？」

「はて……？」

レス爺さんの反応に男が剣を振り上げる。

「――まずは右腕だ」

「――！」

レス爺さんと神父の間に入る。

神父と剣を撥《は》ね飛ばす。

「ぐっ……ぁあ！　いてぇ！」

「今のは加減した。次は喋《しゃべ》れなくなるぞ」

「てめ……何者だ！　俺をアステアの神官だと知ってのことか！」

「本当に俺のことを知らないのか？　とんだ不良神父だな。真・アステア教に牙を剝《む》いた不届き者のことも知らないなんてな」

俺の言葉に護衛の一人がようやく気付く。

それから神父を放っておいて護衛同士で話しているようだった。

「お、おいっ。こいつジードだ。ギルドのSランクで……」

「神聖共和国で魔族の強いやつ倒したってあれか？　あれ？　勇者を断ったって人だっけ？」

「ばかっ、どっちもだ！」

こいつらはまだちゃんと情報を仕入れている。

だが、神父の方はさっぱり分かっていないようだった。

「おい、てめえら！　何でもいいからそいつを拘束しろ！」

「あほ言うな！　関わる方が損だってもんだ！」

なんて会話をしながら護衛がさっさと退散した。

神父の方も分が悪いと見るや、何も言わずに無我夢中で走ってどこかへ消えていった。

老人が俺の方を見ながらニッコリと微笑《ほほえ》んできた。

「ふぉっふぉっふぉ。助かったぞい」

そこにはたしかな謝意があった。

だが、どこか軽薄さが含まれていると感じて確信を得た。

「あんた試したろ。丁寧に実力を隠しているが、あの神父よりも強い」

「……分かるかの？」

少しだけ間を置いて言う。

どうやら俺が見抜いたことに驚いたみたいだ。

「半分は勘だ。俺の目でさえあんたの実力が視《み》えない。その魔力の練られ方は高度すぎて初めて見る……いや、前に一度だけ見たことがある。俺の生まれ育った森で『主』と呼ばれていた魔物だ。けど、そんくらいなもんだな」

「ふぉっふぉ。その目、素晴らしいのぅ」

老人が家の中に入っていく。

それから俺もレス爺さんに付いていき、部屋の椅子に座る。

「茶が冷めたかの。新しいものを淹れようか」

ティーカップから湯気が出ている。

口に近づけると熱さを感じる。心地良い。

「どうして俺のことを試した？」

「アステアは気に食わん。が、人は好きなんじゃよ。特に優しい者は」

レス爺さんが俺の方を見る。

優しい者ってやつが俺を指していると嫌でも分かる。

「俺があいつらと手を組んでいる可能性もあるだろう？」

「勇者を断ったおまえさんとアステア教の神父が？……ああ、いや。今は真・アステア教だったかの」

「そこまで知っているわけか」

「真・アステア教の一部のメンバーはおまえさんと仲が良い。創立の手助けをされておるからの。恩義を感じていてもおかしくない。が、組織としては敵対気味じゃ。長いものに巻かれるしか能がない不良神父が創立から一緒にいるわけがない。必然、手を組んでいるとは思えんのぅ」

「おいおい、詳しいとかいうレベルじゃないな……」

「ただのおいぼれ爺《じじい》だと思ったか？」

レス爺さんがニマリと笑う。

このしたり顔は俺が騙《だま》されていたことを確信しているものだ。

「役者になれるんじゃないか？」

「ふぉっふぉ。見てくれを使っておるだけじゃ。本職には敵《かな》うまい」

「そうかい」

褒められたことで悪い気はしてないようだ。

だが、どうにも凄《すご》い爺さんだ。

老練、老獪《ろうかい》。

油断すれば搦《から》めとられる。

あの不良神父が相手ならばどれだけ良かったか。

「ところで金髪のお嬢さんを捜してどうするね？」

「やっぱり覚えていたか。逆に聞きたい。どうして隠していたんだ。危険な目に遭う可能性だってあったんじゃないのか」

あの不良神父を撃退する力はあるだろう。

だが、真・アステア教と敵対することに繋《つな》がる。

さらにいえば神聖共和国の騎士にだって被害がいっているわけだ。

国とまで対立するのはあまり得策とはいえない。

少なくとも冗談半分で隠していいものではない。

「……」

俺の問いに——レス爺さんは沈黙で返した。

これは聞いても無駄だろうな。

また忘れたふりをされても困る。

大人しく質問されたことを答えるとしよう。

「捜している理由だったか。簡単だよ。知り合いだからだ。連絡が取れなくなってるから会いたいんだ」

「会ってどうするね？　本当に彼女かどうかもわからんのだろう？」

「あの不良神父が見せてくれたろ？　本物だよ」

本当は違うけど。

まぁしかし、レス爺《じい》さんには関係のないことだ。

なんて思っていたが。

「見た目が同じでも違うかもしれないじゃろう。もうおまえさんが知っている彼女ではないかもしれんぞ」

「………あんた」

この質問は深読みすべきだろう。

シーラの状況を知っている。

いいや、あいつがネリムであることを知っている。

やはり隠していた理由があるのか……？

「そう敵意を向けてくれるな。安心せい、居場所はわかっておる」

「……どこにいるんだ？　シーラは」

「神聖共和国に向かった。大まかな目的地は地図にしたためておいてやる。助けに行くと良い」

信じて良いものか。

いや、信じるほかにないか。

「ありがとう、レス爺さん」

「なぁに。気にするでない。それからレスとはワシの愛称じゃよ」

「そうなのか？」

そういえば村の男から聞いて以降はそう呼んでしまっていた。

誰にでも本名はあるものだ。

「ワシの本当の名前はレイニース。覚えておくが良い」

「良い名前だな」

「そう言われると嬉《うれ》しいのう。しかし、あまり誰にも言わないでおくれ。レス爺さんと呼ばれるのを気に入ってるのだ」

「ああ、わかった」

それから俺は家を出た。

◇

レス爺さんと別れてからしばらく。

もらった地図を頼りに、シーラが向かったという目的地の近くまでやってきた。

今はクゼーラ王国と神聖共和国を繋ぐ道を歩いている。

この道は舗装されていて両脇は森に挟まれている。

普段から商人や旅人などが使うのだろう。

かなり動きやすい。

また軍隊も使用しているのか横幅が広い。

問題は魔物に襲われやすいところだろうか。

探知魔法を使用しているが、魔物の気配が一向に途絶えることはない。そのため護衛されている隊商か、腕に自信のありそうな者しか横切ることはなかった。

が。

また一人、通りかかる。

書籍を読み耽《ふけ》っていて隙だらけの青年だ。

かなり油断しているようで――魔物が襲い掛かる。

魔物も随分と目ざといことだ。

だが、俺は青年の確かな魔力の動きを捉えている。

熟練と言えるほどではないが、戦闘は十分にこなせるほどで――――あっさりと魔物に押し倒された。

「おいおいっ」

すぐさま魔物を追い払う。

自衛ができるものだと思い込んでいたが、かなり読書に集中していたようだ。

「……んぁ、これはどうも」

「ああ、大丈夫か？」

「問題ありません。やっぱり文字を追いかけるあまり周りを忘れてしまう癖が……」

青年は地面に落としてしまったメガネを拾う。

それから俺が差し出した手に摑《つか》まりながら立ち上がった。

「どうもどうも。このご恩は……ん？」

青年がメガネをかけ直しながら俺の顔をじっと見つめる。

「なんだ？　俺の顔に何か付いているか？」

「ジードさん？」

「ああ、そうだが？」

こいつも俺のことを嫌っているのだろうか。

半ば反射的にそんなことを考えてしまう。

しかし、青年は平然とした笑みを浮かべて、俺に好感を持っているような顔をした。

「では、助けられたのは二度目になりますね」

「ん？」

誰だっただろうか。

顔に覚えがない。

「スティルビーツの戦争の時に救出してもらった……いや、こう言った方が分かりやすいですか。串肉屋の息子です。エイゲルといいます」

茶色い髪の、どこか学者のような顔立ちをしている。

同世代くらいだろうか。

「ああー！」

スティルビーツの時はロクに顔を見ていなかったので覚えていなかった。

言われてみれば串肉屋のおっちゃんの面影があるような気もする。

俺が思い出した素振りを見せると、青年エイゲルは満足げな表情を浮かべながら周囲を見る。

「ところで、どうしたんですか。こんなところで？」

「人を捜しているんだ。シーラというんだが、知らないか？」

ギルドカードに映る金髪の少女を見せて尋ねる。

正直なところ期待はしていない。あまり積極的に道行く人の顔を見るような性格には思えなかったからだ。

だが、予想に反してエイゲルは肯定的に頷《うなず》いた。

「この方なら知っていますよ。ちょうど僕も捜していたのでご一緒に行きませんか？」

「そうなのか？　そっちはどういう目的だ？」

「討伐です。アステアに被害をもたらしているので」

「そうか」

ならば一緒には行けないな。

なるべく誰にも知られずに捕縛しなければいけない以上、彼は競合する敵ということになる。

「おや、同じ目的ではなさそうですね」

「どうしてそう思う？」

「普通、同一の目的であればもう少し肯定的な態度を取りますが、ジードさんの場合は残念そうで、敵意がありそうな態度ですから」

「なかなか鋭いな……」

もはや隠すことすら面倒に感じてしまう。

「ジードさんの目的を教えてもらえますか？」

「なぜ？」

こちらが聞いた以上は答えなければ不平等だ。

しかし、敵の多さではこちらが勝る。

あまり簡単に口にしていい内容でもない。

だからこそ身構えてしまった。

だが、そんな態度に不信感を覚えるでもなく、エイゲルは淡々とメガネを押し上げながら言う。

「協力したいからです。あなたには恩がありますし、父が懇意にしていますから」

「ほう」

薄っぺらい理由にも感じるが、全くの嘘《うそ》ではなさそうだ。

訝《いぶか》し気《げ》な俺の表情を再び読み取ったのか、自らの潔白を証明するように、ポケットから長方形のマジックアイテムを取り出してきた。

「シーラさんの居場所なら分かっています」

その四隅は小さな球体になっていて、そのほかは平べったい。

平面には地図と赤い点が表示されている。

特徴的なのはそれだけじゃない。

魔力の細い糸が無数にマジックアイテムから伸びている。

意識的に視《み》なければ俺でさえ気が付かないほどだ。

「神聖共和国の中でも宝物が保管されている頑強な施設に向かっているようです。今はスフィさんもいる場所だったと記憶しています」

「……この赤い点がシーラか？　すごいな」

「限定的な探知魔法です。これを目印に感知しています」

言いながらエイゲルが再び取り出したのはひし形のマジックアイテムだ。

「それを使えばシーラがどこにいるのか分かるのか？」

「正確には魔力パターンを読み込んでくれるんです。最初はシーラさんの魔力パターンなんて知りませんでしたから、複数の襲撃を経てようやく記憶させました」

「よく分からないがすごいな。でも、限定的ってことは、この場所に来るって分かってたのか？」

「いいえ。この母体の表示用マジックアイテムは、事前にアンテナの役割をするマジックアイテムを仕込んでおけば別の場所も表示してくれるんですよ」

エイゲルが試しに他の地図も読み込んでくれる。そこには赤い点などは表示されていない。

「なるほどな」

「シーラさんの行動目的はアステアの破壊と見られています。ですから、アステア関連の施設に、信者さん達《たち》に協力してもらってアンテナを設置してもらっていたんです……ん？　これは……？」

エイゲルが得意げに説明していると、表示用のマジックアイテムがブレる。赤い点が掻《か》き消え、さっきまでの地図とも変化が生じている。

「どうしたんだ？　マジックアイテムでも壊されたのか？」

「いいえ、壊されてはいないようです。ですが、マジックアイテムがバグるほどのなにかが発生しているみたいです」

「……とにかく行ってみないといけないわけだ」

「そうですね。スフィさんがいるわけですし、『あの人』が護衛をしていますが……まぁ向かった方がよさそうですね」

エイゲルが急ぎ足で向かう。

一瞬だけ行動を共にするか迷う。

だが、次の瞬間には共同歩調を取っていた。

エイゲルの使っているマジックアイテムは有用だ。

そして、それを伝えてくれるくらいには俺に協力体制を敷いてくれている。

だが、疑わしき点はある。

どうして一介の串肉屋の息子が、大司祭クラスでなければ知らされていないスフィの居場所を知っているのか？　ということ。

しかし……やはり俺にはないものを持っている。

そして、わざわざこれを俺に見せたということは、自分は本当に協力したいのだと示しているのだろう。

ならば俺も信じるべきだ。

串肉屋の串肉は美味《おい》しいしな。

◇

山脈に囲まれた麓。

普段ならば雄大な景色が広がっていたことだろう。

だが、今ではどうだ。

「ひどい有様ですね」

エイゲルが呟《つぶや》く。

山脈は欠け、火煙が立ち込めている。

人々の阿鼻《あび》叫喚《きようかん》が嫌でも耳に入ってきた。

ここはまるで戦場だ。

いいや、戦場と呼ぶには甚だ蹂躙《じゆうりん》が過ぎるようだが。

「あれはなんだ？」

「おそらく精霊でしょう。かなりの数です。しかも上位の精霊ばかり……」

精霊。

そういえばエルフの里で召喚されていた。あれの同種族ということか。

「シーラさんは恐らくあちらにいると思いますが……ふむ」

エイゲルが深い森林になっている部分を指さす。緑が生い茂っており、人影は見えるわけがない。

だが、俺も探知魔法を駆使すれば人の魔力を察知できる。

「いるみたいだな。先に行かせてもらう」

「了解です。僕は精霊の対処に移ります。そちらの要件が終わり次第、手伝ってもらえると幸いです」

「シーラは良いのか？」

「どちらかといえばスフィさんの方を優先しなければいけないですからね。この精霊たちはちょっとシャレになりません」

そう涼しい顔で言ってのけるあたり、かなり余裕があるように見える。

しかし、あまり強そうには見えない。

そこそこの戦闘スキルは持っているのだろうが、本当にスフィを救援に行くだけの力があるのだろうか。

むしろ、彼にとってはここで逃げる方が正しい選択肢であるように思えてならない。

それでも、エイゲルに確固たる自信があるように見えるからには信じよう。

わざわざ止めるような真似《まね》をする方が無粋だ。

なにより、俺にも優先しなければいけないことがあった。

「なら、スフィは頼む」

「行く必要はないかもしれませんけどね」

エイゲルも分かっているようだ。

俺の探知魔法にはスフィを守る強者が捉えられている。その中にはとびぬけた実力を持つ者がいるようだった。

そいつがネリムと戦ったらシーラの身体《からだ》はもたないだろう。

暴れる精霊を倒し、避け、ネリムに辿《たど》り着く。

邪剣を振るい、空間に亀裂を生み出しながら精霊を召喚しているようだった。エルフの時とは手段が違う。

暴走させることが前提の召喚手順なのだろう。

最初から使役するつもりはなく、一帯を破壊するために呼び出していると分かる。

「随分と手広く魔法を知っているみたいだな。剣士じゃなくて実は賢者だったりするのか？」

「剣技の方が得意なのよ」

俺のことを一瞥《いちべつ》もせず平淡に答えた。

「その手に持つ邪剣はおまえの抜け殻か何かか？」

「これはオリジナルの邪剣。私がこの邪剣の形状や性能を魔法で模倣していたのよ。人であった頃の私の愛用品だったからイメージしやすかったの。それで、あなたはどうやってここまで？」

「がんばった」

「……そ」

俺との問答は退屈だったみたいだ。ため息交じりに剣を構えてきた。

「戦うつもりはない」

「なら、なに？」

「シーラを返してくれ。そして、俺と一緒にリフのもとに行って欲しい」

「リフね。あの幼女でしょ？　なんで？」

かなり懐疑的だ。

理由は俺も知らない。

ただ、連れてきて欲しいと言われたから連れて行く。……なんて言っても素直に頷《うなず》かれるとは思わない。

　俺はリフを信頼しているがネリムは違う。

「逆に聞かせてもらいたい。どうしておまえは暴れているんだ？　シーラの身体が欲しかった……だけじゃないんだろ？」

「私本来の身体が朽ちているとでも思ってるの？　別にこの身体くらい、ちゃんと返すわ」

「ならどうし――」

　言いかけ、止める。

　ネリムの転移だ。

　魔力を消し飛ばして魔法の行使を中断させる。

　いやダメだ。

　間に合わない。

「待て！」

「待てない。忠告しておく。あまりアステアとは関わりを持たないことね」

　次の瞬間にはネリムの姿はなかった。

　即座に探知魔法を広く展開する。――……見つけた。

　長らくシーラに取り憑《つ》いていたが、俺の探知魔法の有効範囲までは分かっていなかったのだろうか。

あるいはすぐに逃げられる可能性もあるから、

(クエナに連絡っと)

ギルドカードを使い、クエナにネリムの行き先を伝える。おおよその場所さえ知らせれば、あとは追跡してくれるだろう。

……他にも二三言を付け加えておいた。

(さて、と)

未《いま》だに暴走が止まらない精霊たちのところに向かう。

こちらも急務だろう。


精霊の姿は実に様々だった。

魔物に似ているものもあれば、自然そのものに似ているものもある。たとえば炎だ。他にも人がそのまま大きくなったようなものもいた。

問題があるとすれば理性がないことだろうか。

ネリムは意図的に彼らを暴走させているのだから当たり前といえば当たり前だが。

「よいしょっ」

精霊の撃退法は至って簡単だ。

一定以上の刺激を与えること。

なんでもいい。

殴る。

蹴る。

魔法をぶつける。

そうすれば元居た場所に戻っていく。

たしか精霊界だったか。

(しかし、数が多いな)

建造物を囲むように精霊たちが攻め入っている。

ひとまず防衛にあたっている勢力と対話するとしよう。

「転移」

「うおっ!」

騎士の一人が俺の存在に驚く。

あまつさえ剣を振るってきたので止める。

「待て待て、味方だ。場に居合わせたので協力したい」

「ジード様……!?」

どうやら俺のことを知っているようだった。

それならば話が早いだろう。

「指揮官はだれだ？　俺のやるべきことを教えて欲しい」

「そ、それでしたら――」

「おまえの仕事は俺が与える」

「？」

赤い髪。

がっしりした身体つき。

大剣を背負い、精練な魔力が身を包んでいる。

歳《とし》は四十くらいだろうか。

「ロ、ロイター様！」

「おまえは行け。ジードには私の方で話す」

「わかりました！」

ロイター。

騎士の一人がそう呼んだ。

なるほど、彼が人族最強と呼ばれる冒険者【星落とし】のロイターか。

「初めまして、だな。俺はロイターだ。おまえの話はよく耳にしていた」

ふと、彼の言葉に違和感を覚えた。

初めまして。

本当にそうだろうか。

なぜだか、そうは思えない。

だが、その違和感を肯定も否定もする記憶はなかった。

「俺もあんたのことはよく聞いてたよ」

「それは光栄だな。では、俺が剣聖に選ばれたことも知っているか？」

「ああ、もちろん」

「ならば勇者に誰が選ばれたのかも聞いているのだろう？」

これは嫌味か？

あるいは純粋な問いかけか。

何にせよ、あまり良い意味ではなさそうだ。

「それよりも早いところ精霊を止めなければいけないだろう」

「……それよりも？　アステア様以外に優先するべきことがあるのか？」

「当たり前だ。今こうして騎士が奮戦している。俺たちが交ざれば被害は少なくなるだろ。なら勇者だとか剣聖だとか話すよりも行かないと」

「なるほど。このままでは施設に被害が及ぶ」

少しだけズレを感じる。

ふと。

先ほどの騎士が精霊を相手に苦戦している姿が目に入った。

このままだとマズそうだ。

「あっちの助けに行くぞ」

「待て。それよりも施設に近づいている精霊の一団がある。そちらが先だ」

ロイターが淡々と指さす。

「じゃあそっちはおまえがやってくれ」

「数が多い。そこの騎士一人よりも、施設を守る方が大事だ。あれはアステア様の恩恵を受けている場所なのだ」

「……は？」

俺の肩を押さえ、意地でも自らの意見を聞かせてくる。

なんだ、こいつ。

「おまえは勇者だ。最善の選択をとれ。騎士一人の命は重い。だが、それ以上に重いものもある。我々は民を先導する者として多数の幸福を取らなければいけない」

ズレ。

こいつとは合わない。

そんな予感がした。

少数の犠牲の上に多数の平穏が成り立つ。

その論理はわかる。

選択が必要なことだってあるからだ。

だが、本当に施設をこいつ一人で守れないのだろうか。

いいや、そんなことはない。

こいつの強さは上位の精霊が束になったところで敵《かな》うようなものではない。

何を隠そう俺を力ずくで止めているんだ。

「俺が勇者を断った話は聞いているはずだ。そんなものに従う道理はない。何より、目の前で危険な目に遭っている奴《やつ》を無視できるか」

ロイターを振りほどいて騎士の前に立つ精霊を薙《な》ぎ払う。

吹き飛んだ精霊により木々が押し倒されていき、やがてその姿が消える。

「大丈夫か？」

「は、はい！　ありがとうございます！」

騎士がボロボロになりながらも笑みを浮かべる。

もしも見捨てていたら、こんな顔も見ることはできなかっただろう。

ロイターのような人間がいても良いのだろう。

だが、俺がそれに従う道理も義理もない。

俺を睨《にら》みつけているロイターを見る。

「俺は俺の方法で参戦する。おまえの指図は受けないよ」

「……では、見ていろ。おまえが行かなかった結果、どうなったか」

ロイターが施設の方を振り返る。

まさか助けに行かないつもりなのか？

刹那──大爆発。

だが、それは精霊の一団に大ダメージを与えるものだった。

「……なに？」

ロイターが唖然《あぜん》とする。

どうやら彼にも予期せぬものだったらしい。

おそらく……エイゲルだろうか。

ささやかながら、彼の魔力が視《み》える。

だが、それは本当に微々たるものだった。

あれほどの大爆発を起こせるとは到底思えない量だ。

「俺はどうやら運が良かったみたいだな」

「ちっ」

まぁ、いずれにしても転移で間に合っていただろうけど。

しかし、ロイターも本気を出せば、先の大爆発で倒された精霊の一団くらい一人でどうにかしていただろうに。

こうまでして言葉や時間を使ってまで俺に語り掛ける意味があったのだろうか。

まさか俺を諭しているのか……？

目的が分からない。

しかし、今のところは早いところ精霊退治だ。

まだ多数残っているのだから。

そして、これが終わったら——

第三話　シーラの行方

シーラの行方を探すために、クエナは情報屋をあたっていた。

クゼーラ王都から離れた街。

王都と比較すれば規模は小さく感じられるが、クゼーラ内では二番目の都市だ。

そんな場所の路地裏のさらに奥深い暗闇。

布で仕切られた薄汚い場所があった。

クエナがそこに入る。

「人を捜しているんだけど」

中には艶やかな白髪の少女がいた。

「うい、クエナさんじゃないっすか」

「久しぶりね。エク」

二人は知り合って数年になる。

クエナにしてみれば質の良い情報屋として重宝しており、王都から距離はあっても必要な情報があれば通うほどであった。

「捜している人ってシーラさんのことっすか？」

「ええ。目撃情報とかでも良いんだけど」

「ちっと高いんですよねぇ～」

「高いってことは仕入れてるのね？」

　エクの情報は頼りになる。

　仕入れているのであれば、クエナは出し惜しみするつもりはなかった。

「仕入れてはいますよ。でもぉ、知ってるやつが少ないっす。それに加えて口止めされているみたいで中々どうして厳しいんっすよねぇ」

「それで、いくらなの？」

「こんぐらいっす」

　エクが指を三本たてる。

　申し訳なさそうにウィンクまで付け加えていた。

「銀貨三十枚？」

「んにゃ、金貨三枚っすよ」

「かなり高いわね」

　通常の情報料にしてみれば法外ともいえる値段である。

　しかも曖昧な目撃情報がメインとなるであろう、本来は大きな価値がつきにくい人捜しでこれだ。

エクが補足するように言う。

「シーラさんを捜している組織がふたつあります。ひとつは神聖共和国の騎士団で、もうひとつは真・アステア教っす」

「どこも情報を得ようとしているわけね」

「うっす。なんで金貨三枚には口止め料も含まれていると考えてくれると良いっす」

エクが言うからには本当に情報を喋《しゃべ》った相手については口を割らないのだろう。クエナはそんな確信があった。

だが、クエナにはもうひとつの懸念点がある。

「この情報は誰かに渡したの？」

「シーラさんの目撃情報っすか？　いいや、まだっすよ」

「じゃあこの情報は誰にも売らないでちょうだい」

「ん、独占したいんすか？」

「ええ」

クエナの言葉にエクが一瞬だけ沈黙する。

それからニヤリと笑う。

「じゃあ金貨三十枚になるっすよ」

「……わかった。でも二十枚しか持ってきてないから、また別のタイミングで十枚渡すのじゃダメ？」

「普通はダメっす。けどクエナさんは上客ですし、信じられるんでね。特別っすよ？」

「助かる」

クエナがポケットから麻袋を取り出して渡す。

あらかじめ詰められていた金貨二十枚が重々しく机に置かれ、ジャラジャラとぶつかり合う。

「毎度ありっす」

エクは確認をすることもなく、麻袋をそのまま懐に入れた。

それからクエナの方を見る。

「ところで、どうしてそこまでしてシーラさんのことを探ろうとしているんすか？　独占するってことは誰よりも先に捜したいってことっすよね。しかも、そのお金を払うだけのリターンがあるってことだし」

「気にしなくていいわ」

エクの問いをクエナがばっさりと切り捨てる。

それは余計な詮索をさせないためのものだった。

「すんません。情報屋の本分でして」

えへへ、とエクが軽く頭を下げる。

「それで、シーラはどこにいそうなの？」

「ちょいとお待ちを」

エクが布袋を取り出す。

それは幾つもの紐《ひも》によって縛られている。

紐にはそれぞれ特徴があった。

極端に長いものや短いものもあれば、赤色や青色などの色が割り振られていたり、結び方が違ったり……それが情報を厳重に保管するための暗号の役割を果たすマジックアイテムだと見抜ける者は少ないだろう。

エクがそれぞれの紐を複雑に触った後に布袋から一枚の紙を取り出した。

それは大陸全土が描かれている地図である。

だが、特に何らかの目印があるわけではない。戦乱の時代であれば詳細な地図は価値の付けようがないほどに高価であったが、今ではありふれたもののひとつに過ぎない。

「さて、この地図に魔法の粉を吹きかけやす」

エクが布袋から四つの瓶を取り出す。

それからまずは青色の粉を適量手のひらに取り出して地図に吹きかけた。地図の様々な場所に青い点ができあがる。

次に黄色い粉を取り出してから同じ要領で吹きかけた。今度は青色の点の幾つかを囲うように黄色い丸ができあがる。

「この青い点がシーラさんの目撃情報っす。さらに青い点を囲んでいる黄色い丸は、神聖共和国の騎士やアステア教の信者たちが重点的に聞き込みを行っていた場所っすね」

「なるほどね。神聖共和国の周辺が多そうね」

「じゃ、次の粉っす」

エクが黒色の粉を吹きかける。

それは日付と時間帯であった。

「これは？」

「シーラさんが出現した時間帯っす。不明なものは書いてないっすけど、大体の時間は分かるはずっす」

転移は一日に何度も行えるものではない。

だからこそネリムの行動パターンからは特徴が消されている。

転移した周囲のアステア施設を軒並み壊した場合もあれば、ひとつだけ壊した場合もある。そして後者は後日になって再び訪れて潰している。

完全に動きを悟らせないために動いていた。

「へぇ……でもこれだけだと難しいわね」

「そっすね。最後に赤い粉を吹きかけるっす」

赤い点は青とも黄色とも重なることなく、山脈や地下洞窟などの険しい場所を指した。

「これは？」

「シーラさんの拠点の可能性がある場所っす」

「……多すぎない？」

エクが挙げるということは、いくら「可能性」であっても信じるに値するものだろう。

だが、それにしても十を超す候補があった。

しかも、そのどれもが危険な領域にあるものだ。

仮に全てを捜すとなればクエナの負担する労力は果てしないものになるだろう。

それについてはエクも頷《うなず》いた。

「いや、本当に。けど情報によるとシーラさんは転移を使ってるんでね。そうなると拠点の位置をここまで絞れただけでも褒めて欲しいっす」

「……」

クエナが腕を組んで首を捻《ひね》る。

これまでの経験をフルに動員して考える。

（拠点防衛だけを考えるならトラップを仕掛けられる地下洞窟が良いけど……転移での消費魔力を考えると神聖共和国からそこまで距離を取らないはず……。そもそも拠点を作るのに時間を掛けられないはず）

ふと、考え込んでしまっている自分に気が付く。

それからエクに、

「この地図はもらっていいの？」

と尋ねる。

じっくり考えるのであれば場違いだろう。

静かな場所ではあるが、ここはエクが商売するための場所なのだから。

「ええ、どうぞん」

すでに開示した以上、それは既にエクの手を離れて広がる可能性のある情報だ。よって地図程度であれば持ち出されても問題ない。クエナが独占した情報であれば尚更《なおさら》だった。

エクが軽快に了承したのを確認するとクエナが地図を持ち出す。

「ありがとう。また来るわ」

「あーい、またどうぞ～」

エクの声を背に、クエナは部屋を出る。

◇

ウェイラ帝国。

帝都の中心部。

そこには女帝の住まう巨城があった。

「──ふーん。結局シーラが暴走した理由は分からずか」

豪華に装飾された部屋。

埃《ほこり》のひとかけらすら許されない清潔に整えられた部屋には三人の影があった。

一人は女帝ルイナ。

巨匠が作り上げたルイナ専用のソファーで足を組みながら座している。

その背後には最側近のユイがルイナの守護を担っていた。

そして、そんな二人に対しているのは一人の少女だ。

「うっす。もう一言も詮索させないって感じっす」

「おまえのことは頼りにしているんだがな？」

「力不足で申し訳ないっす」

「いいさ。クエナも他の情報屋を知っていて、真っ先に飛びついたのがおまえだったのだからな。クエナが一番信じているのはおまえということになる」

ルイナの言葉を素直に受け取るのであれば、

（他にも息のかかったやつがいるってことっすね）

ということになる。

決して穏やかではないが、逆らったところでどうにもならない相手なのは分かりきったことであった。

「それもこれもウェイラ帝国の情報網を貸していただいているからっすよ」

エクは正式な軍属ではない。

あくまでもルイナの私兵のような括《くく》りである。

かつてはユイもそうであった。

「それを差し引いても優秀だよ」

「なはは、あざます。ユイさんの後を継ぎたいっすけど、陰の部隊になるには戦闘力がてんでからっきしなんで。これくらいはさせてもらいます」

「……」

褒められてもユイは微動だにしない。

まるで人形か死体か。

徹底的に消された存在感は恐怖すらも呼び起こすほどだ。

「謙遜するな。皇室で義務的に戦闘を習った私よりは幾段も強いだろう」

「まぁ、一人でやっていくくらいにはっすけどね」

情報屋は危険な職業だ。

情報を買い取れば後は用済み、漏らされる危険性を考慮すれば排除した方が良い……なんて思われることさえある商売である。

いきなり襲われることだって多い。

その対価はもちろんあるが。

「ああ、それと今年の分だったね。準備させておくから帰りに受け取ってくれ」

「ありがとうっす。ウェイラ帝国は払いが良いから震えるっすよ」

なはは、と笑いながらエクが言う。

実際ルイナがエクに渡している額はシャレにならない。

エクの一年分の報奨金だけで十の家族の一生分を養えるほどだ。

まだ若いエクがそれだけ稼ぐ手段はこの商売以外にはなかったかもしれない。

「そういえば、組合や銀行経由でも良いだろうにわざわざ手渡しを選ぶ理由はなんだね？」

「どうも数字だけだと不安なんすよ」

「ふっ、なるほど。慎重なんだな」

「ま、そうとも言うっすけどね。情報なんてあやふやなもんを商売に使ってるんで、周りのものくらいは確かなものでありたいんすよ」

「ふむ、おもしろいな」

預けておいた方が安全で移送もはるかに楽なことは承知している。しかし、それはエクの変えたくない信念でもあった。

「こっちもひとつ聞きたいことがあるんすけど良いっすか?」

「情報なら金をとるぞ?」

「うっ……」

エクが露骨に辛《つら》そうな表情を浮かべる。

「くく、冗談さ」

「それは助かりやす……」

ルイナは一連の『芝居』を打ってくれたエクに対して満足げに笑う。

「それで、聞きたいこととは?」

「へい。どうしてクエナさんを囲うんですか?」

エクはかねてルイナがクエナを気にかけている理由がわからなかった。

優秀な情報屋はそれだけで重宝される。

それだけに人に貸す行為は利敵だろう。

エクはクエナがルイナに対して並々ならぬ敵意を抱いていることは承知しているつもりだった。

しかし、ルイナはあっさりと返す。

「今になって帝位簒奪《さんだつ》でも考えられると面倒なだけだよ」

それは至極単純でありながら、面倒な権力社会を象徴していた。

もはやルイナと同等の血筋の人間は少ない。

ましてや同時期に皇位継承権を保持していた「正統」な血統はルイナとクエナを残す以外にはなかった。

それだけクエナがウェイラ帝国を揺るがしかねない——少なくとも国を分けてしまえるほどの——存在であることをルイナは言っていた。

「んー、でも私以前にも情報屋を差し向けてますよね。クエナさんを殺せばよかったんじゃないっすか？」

エクはあくまでも冷淡だった。

嫌いではないし、敵でないなら生きていて欲しいとも思っている。

だが、ルイナの話を整理した結果、クエナの生存を許すことは得策ではないと指摘したのだ。

「おいおい、問い詰めてくれるなよ」

ルイナは不快感を示す。

それにエクは素直に頭を下げた。

「すんません。でも邪魔ものなら排除することだってできるはず。かつて起こったウェイラ帝国の権力闘争でもルイナさん『排除』くらいしてましたっすよね？」

エクの人並みならぬ警戒心がユイの殺意を感じ取っていた。

ここまで切り込んだのはやりすぎであったと内心で後悔と反省をしているが、それを止めることができないからこそ、情報屋としてここまで大成できているともいえた。

「まぁそうだな。邪魔なら排除した方が良い。ただな……」

ルイナが天井を仰ぐ。

まるで遠い過去を見るように。

「あいつは私に似ているだろう。本当に死んだか確認するとしたら顔を見ないといけないよな？　それは生理的に気持ち悪い。だから生きたまま囲っているのさ」

「なるほどっす」

ルイナは生来の「女帝」であった。

身勝手に、世界は自分のものであるとばかりに振る舞う。

エクにとって、人の命を左右する判断材料が権力闘争と自身の気持ちだけであることに違和感はあれど、ルイナが自身の気持ちを最も大切にしている姿はなんら不自然ではなかった。

◇

光の届かない洞窟。

それもかなり奥深く、高ランクの魔物が蠢《うごめ》いている。

自然の要塞と呼んでも差し支えないだろう。

さらに人為的なトラップが無数に仕掛けられており、攻略は難しい。

最終到着点には、場違いな人工の部屋が設けられていた。

そこにはタンスや椅子、机、ベッドなどがある。

明らかな生活感があった。

危険な洞窟の中にあることを除けば、残すはひとつしか不自然な点はなかった。

ベッドの上で青い髪の少女が眠っているのである。

ただ眠っているのであれば人間の生理現象として片づけられる。

だが、その少女が眠りについてから太陽は何度も地平線を上がり下がりしていた。

「……ちゃんと眠っているようね」

シーラの身体《からだ》を持つネリムが転移で拠点に戻る。

自らの身体を眺めるのに、違和感を覚えなくなっているようだった。

「あら、おかえりなさい」

「ん、ただいま……——っそうじゃない！　なんでここに！」

予期せぬ来訪者に思わず素の返答をしてしまったが、すぐに我に返ったネリムが野良猫のような警戒心を見せた。

部屋の片隅で背をもたれさせていたのはクエナだ。

「私はこれでもAランクでトップクラスの冒険者よ。ここに辿《たど》り着けないとでも？」

「……それならどうして彼女を連れて帰らなかったのかしら？」

ネリムが眠る青髪の少女を見る。

「時間がなかったから。あんたが転移したって連絡が来たの」

クエナがギルドカードを見せる。

そこにはジードとのやり取りが表示されていた。

「なるほど、ね。それにしても良くここが分かったわね。すぐに拠点を移そうと思ってたのに」

「アティミアの山とか？」

「残念、外れ。向かおうと思ってる先は一度も足を踏み入れたことがない、あなたも知らない場所。でも凄《すご》いわね。あそこに私の拠点があるって知ってたんだ？」

「複数の拠点があることは摑《つか》めてたわ。ここに来られたのはジードのヒントがあってこそ。あと勘」

「そういう運や本能も実力のうちって言われてるわね。それも見事。だからこそもったいないわね？」

「もったいない？」

「あんな変態男にはもったいないって言ったの」

ネリムが両胸に手を添え、妖艶な笑みを浮かべながらクエナをからかう。それが分かっていても、クエナは顔を赤らめながら全力で首を横に振る。

「ジ、ジードは関係ないでしょ！」

「別にジードのことを言ったつもりはないけど？」

「〜〜〜ッ！」

クエナの脳裏に言いたいことが渦巻く。

しかし、それらを整理するよりも羞恥心の方が勝り、うまいこと言葉が出てこない。

そんな悔しさもあって、目じりに涙を溜《た》める。まるで怒気に呑《の》まれた子供のような顔になっていた。

「ふふ、ちょっとしたイタズラのつもりだったんだけど。でも悪いのはそっちよ？　私が取り憑《つ》いている間、ずーっとシーラと話に花を咲かせて。私だって聞いているのに」

「う〜〜〜〜!!」

クエナが迂闊《うかつ》であった以上、何も言い返せない。思わず目を瞑《つぶ》りながら地団駄を踏んでしまう。

瞬間、ネリムの気配が鋭く尖《とが》る。

「――隙だらけ」

「つなわけないでしょ！」
ネリムの切っ先をクエナの一撃が防ぐ。
それだけではない。
切り返しも鮮やかであった。
これら一連の流れはお手本と言えるほどに完璧である。
だが、互いに褒め合う余裕はない。
ネリムが軽々とクエナの斬撃を避けきる。
自らが攻撃に転じる機会をうかがっていた。
しかし。
（――反撃できない……！）
クエナの剣さばきは苛烈を極めていた。
ネリムのターンは来ない。
（素質のある身体だけど今のままでは厳しい――剣技だけなら）
冷気が全体を包む。
急激な温度の低下にクエナの身体が震えを起こした。
「なっ⁉」
「【氷華《ひょうか》】」

クエナの足元に花が咲く。
拳ほどの大きさだ。
無数に繁殖して開花している。
特色は氷で出来ていることだろう。
それが襲い掛かる。
当然、硬く、鋭い。
部屋の家具や壁が魔法によって削れる。
「──【裂炎《れつえん》】！」
室温が上がる。
クエナの炎をまとう剣が、花を無下に散らしていた。
しかし、それはネリムが態勢を立て直すには十分な時間である。
「ふぅー……あなた戦うとこんなに強いのね」
「あら。あの史上最高とまで謳《うた》われた剣聖ネリムに褒められると照れるわね」
軽口を叩《たた》きながらクエナが距離を測る。
ネリムと自身の間合いの距離だ。
だが、予想外にネリムは反応を示す。
目を見開き、油断ともいえるほどの脱力を見せた。

「私がネリムだと……どうして知っているの？」

「リフから教えてもらっただけだけど」

ネリムの敵意が増長する。

「このことを知っているのは他に誰がいるの？」

「リフと私、そしてジード。それだけよ。口外禁止と言われているからね。でも、私の言葉なんて信じるの？」

「信じる。なぜなら、あなたは油断しているから。そういう人は大体口が軽くなっていて本当のことを話しやすい」

「そ」

たしかにクエナには自信があった。

直接対決なら今ほどの自信はなかっただろう。ネリムの本体と戦う羽目になったら退却を考えていたはずだ。

しかし、今は代替魔法を行使してシーラの身体を使った不安定なネリムだ。

何より、理由は定かではないが、なぜかネリムは自分の身体に戻ろうとしない。クエナが自らの勝利を疑わないことは何ら不自然ではない。

「――でも、その余裕もどこまで続くかしら。同等の条件ならどう？」

ネリムが手を伸ばす。

禍々《まがまが》しい魔力が周囲を呑み込んでいく。

淀《よど》んでいく空気に、クエナが怯《ひる》む。

「私と身体《からだ》を交換しようってわけ？」

「それで五分になるでしょ？」

「……たしかにね」

そうなれば、他人の身体を扱うことに慣れているネリムに軍配が上がる。それは自明だ。

だが、ネリムの思惑通りに事は進まなかった。

「なっ！」

ネリムの魔力が霧散する。

行使されるはずであった代替魔法が消失した。

クエナがしたり顔で腰に手を当てた。

「甘かったわね」

「こうして強制的に打ち消すことができるってことは……あなたも代替魔法が使えたの？

そんな風には見えなかったんだけど」

「バカね。そこまで魔法が使えるのなら、そっちの分野を鍛えてるわよ」

「ならどうして……！」

「新しい魔法を教えてもらったの。代替魔法を打ち消すだけの魔法を」

「そんなものがあるなんて……！　ここまで高等な対抗魔法……あのリフってやつの悪知恵ね!?」

「いいえ。あなたが実力だけは買っている男よ」

　ネリムの脳裏を黒い髪の男が過《よぎ》る。

「ジード……！　でも、どうして！　そんな魔法を知っていたというの!?」

「手分けして捜すことになった時に、『もしかしたら使ってくるかもしれない』ってことで教えてくれたのよ。あいつ、一瞬で応用をいくつも思いついたとか言ってたわ」

「……本当に戦闘能力だけなら凄いわ。私でさえ見たことがない天才ね」

　それは強者への媚《こ》びでもなければ悔しさでもない、武人として心から出た誉《ほ》め言葉であった。

　クエナは自分のことのように嬉《うれ》しかったが、一点だけ気に食わない。

「別に戦闘能力『だけ』ってことはないと思うけどね」

「惚《ほ》れた相手には盲目になりやすい典型ね」

「そう思う？」

「そうよ」

「なら、あなたの目が節穴ってだけよ。シーラから嫌というほどジードの良いところを聞かされてるはずだろうに」

「だからよ！」

ネリムが声を荒らげる。

クエナの指摘が気に入らなかったようだ。

「毎晩毎晩……思考まで同調しているからうるさいったらないわ！　素直で良い子なのに！　ジードのことになれば、こっちがおかしくなりそうになるくらい語ったり考えたり！　数百年も邪剣として森の中で同じ光景を見続けても正気を保っていられた私が変になるところだったのよ！」

「あー……」

ネリムのジード嫌いの原因の一端が垣間《かいま》見《み》えてしまい、さすがのクエナも同情を禁じえなかった。

不意にネリムが素に戻る。

「何より、あいつの余裕が嫌い」

心の底から吐き出した泥のような声だった。

クエナの返事を待つことなく、ネリムが続ける。

「あの戦闘力よ。敵なんていないでしょ。たとえどんな時代に生まれていても英雄になれた。人々の上に君臨することができた。でも、それなのに当たり前の優しさを持ってる。嫌味にすら見える」

顔をゆがめる。

ネリムの瞳の奥はどこか別の場所を見ているようであった。

「考えすぎでしょ」

「それはどうかしら。シーラはあいつに救われた。あなたもジードに恩を感じている部分があるはず。でも、そんなもの幻想に過ぎない。ジード自身すら気づいていない、自分の心の裡《うち》にある欺瞞《ぎまん》に」

「ジードの優しさが嘘《うそ》だと言いたいってこと？」

「本質的には、ね」

思わずクエナが失笑した。

「その手がどんな思惑に塗《まみ》れていても差し伸べられたら救いよ。少なくとも、救われた当人からしてみれば本物の優しさ」

「いかにも綺麗事《きれいごと》。烏滸《おこ》がましい理想ね。……はたして裏切られた時に同じことを言えるのかしら」

クエナが反論を紡ごうと口を開こうとする。

が。

部屋全体に複数の魔法陣が出現する。

クエナにとって身に覚えのないものだった。必然、それがネリムの用意していた罠《わな》であったと結びつく。

「――戦場で長話は避けるべきよ。ましてや自分が有利ならね」

「嫌味に聞こえないわね」

「心からの助言だもの」

偽りではなかった。

ネリムはクエナのことが嫌いではなかった。

できれば生きていて欲しい、そう思っている。

だが、クエナは少しだけ違った。

同様の感覚を共有していたが――ネリムには必ず生きていて欲しかった。

「つま――た！　これもあの男から教わったの!?」

部屋の魔法陣がかき消される。

だが、それについてもクエナは身に覚えがなかった。しかし、先ほどと違うのは意外そうな顔ではなかったことだ。

「ちょっと遅かったんじゃない？」

「悪い。でも間に合っただろ？」

クエナが安堵《あんど》の笑みと共に頷《うなず》く。

ネリムの鋭い視線が新たなる来客に向けられた。

「――ジード……！」

「その様子だとまだ戻ってないみたいだな」

ジードが部屋を軽く見回す。

それから青い髪の少女が眠っていることに気が付いた。

「あなたなら分かるのでしょうね？　彼女が誰か」

「おまえの身体だろう。でも魔力はシーラのものだ」

「そう、正解」

ネリムが肩を竦《すく》める。

脱力しきった様子で邪剣を投げ捨てた。

「降参か？」

「今の私だと歯が立たない。それくらい分かりきっていることよ」

「……ふむ」

ジードが視《み》る。

転移する様子も、罠であるような感じもしない。

「そう警戒しないで。大事な話があるから」

「大事な話？」

「そう、あなたにとっても、彼女にとっても――」

「──むにゃむにゃ……あれ、ここ……どこ？」

シーラの目が覚める。

「おはよう、シーラ」

「あれっ、私!?」

「私はネリム。邪剣よ」

「……ん～……なんかリフが言ってたような……あ！　ジード！」

ネリムの言葉に眉間に皺《しわ》を寄せるが、記憶を掘り起こすよりも先にジードの姿が目に入った。

それから飛びついてギュッと抱きしめる。

「お、おいっ」

「ちょっと！　私の身体で……！」

「久々のジード成分吸収ーっ！」

シーラが満面の笑みで息を吸い込む。

それから満足げにトロンと恍惚《こうこつ》とした顔になる。

「──シーラ……？」

不意にジードの表情が曇る。

「ど、どうしたの？」

「おまえ……なんだ、それ。魔法か？」

「え、なになに？」

シーラには身に覚えのないものだった。それもそのはずで眠りから覚めたばかりなのだから、何かをしていたはずがない。

そこにネリムが悲痛な面持ちで口を開いた。

「大事な話がある。ジード、あなたがこの部屋に入った時、魔法を打ち消したわね」

「ああ、転移で逃げようとしていたからな」

「その弾みでシーラの……いえ、正確には私の身体に掛けられていた魔法が発動したわ。絶対なる『死の呪い』が、ね」

「「なっ……！」」

「え、なになに？　どういうこと？」

ジードとクエナが驚愕《きょうがく》する。

当の本人であるシーラは状況を呑《の》み込めていないようだった。

シーラに説明するよりも先にジードが魔力をぶつける。

シーラからすればそよ風が吹いた程度の感覚だっただろう。

だが、その瞬間にもジードの膨大な魔力が身体を包んでいる。

「……相殺できない。どうして」

「それは『アステアの徒』に伝わる神代魔法の中でも最高級。あなたの目でも全てを視るのには時間が必要でしょう。きっと間に合わない」

「おまえが掛けた魔法じゃないのか？」

「違う。私は掛けられた側よ。その魔法から身を守るために邪剣となってしまっただけ。死の呪いは生者にしか通用しない――つまり対象が生命活動をしてなければ呪いは発動しないの。だから私は邪剣に姿を変えて悠久の時を過ごし、人の姿に戻ってからは代替魔法でシーラと精神を入れ替えて、私《ネリム》の身体《からだ》は仮死状態にしていたの。そもそもシーラに取り憑《つ》いていたのは彼女を利用して現代の知見を深めて、私に掛けられた呪いの魔法を解くためだったんだけど……解呪の方法は見つかってないわ」

「なら、もう一度シーラを仮死状態にする魔法を掛けることはできないのか？」

「さっき、あなたが魔法を相殺してから急激に身体を蝕《むしば》み始めている。ここまで来ると私ではどうしようもできない」

「……」

ジードの目が急激に動く。

その魔法を理解するため、頭がこれまでにないほどの回転をしていた。

「え、なに？　どういうことなの？」

シーラが疎外感と若干の危機感を覚えながらネリムやジード、クエナを見る。

「ごめんなさいね。あなたを巻き込んだけれど、無事に帰してあげたかった。急いでアステアの拠点を襲って文献を漁《あさ》ってみたけど、この魔法を癒すためのものを見つけることはできなかった」

「あの……」

シーラが軽く手を挙げる。

質問があるようだった。

「どうしたの……?」

ネリムが優しい声音で言う。

「私の顔で言われても違和感ばかり」

どこか悟りきったような笑い顔だった。

その茶化した言い回しには微《かす》かな諦観が含まれていた。

だから咄嗟《とっさ》におどけて見せたのだ。

それは深い悲痛を湛《たた》えるネリムをおもんぱかってのことだった。

彼女の優しい心根が少しだけ垣間見えた。

「ふふ、そうね」

だからこそ、笑みを向けてくれたシーラにネリムも笑いながら頷いて答える。

自分の身体がどうしようもないことくらいは数百年も前から知っていることだった。

それを理解しながらシーラを危険にさらし、死に追いやった。

途端にネリムは痛烈な後悔に襲われる。

最近は自分の分身のように思っていた少女——死ぬべきは彼女ではなく自分であった。

しかし何もかももう手遅れだった。

自分にできるのは全てが終わった後に命を以《もっ》て贖罪《しょくざい》を果たすことだけだ。

それは傍観することしかできないクエナも同じだった。

何かしたいが、その何かが見つからない。

友人を見殺しにしてしまう。

悲しみ、絶望、罪悪感。

どうしようもない自分に苛立《いらだ》ちさえ覚えるほどだった。

しかし、前者二人とは違い、ジードは目の焦点を合わせた。

「ネリム、来い」

「……なに？　もしかして代替魔法を使おうとしてるの？　それなら無駄よ。死の呪いはまず身体を蝕み、次に精神を蝕む。すでに呪いは身体から精神に転移しているわ。代替魔法でシーラと私の精神を入れ替えても、シーラの精神が死の運命から逃れることは——」

助命のようにも聞こえる。

しかし、死ぬことは別に構わないという覚悟が滲《にじ》んでいた。

だが、ジードにとってそんなことはどうでも良かった。

「――はやく来てくれ」

ジードの真剣な表情に、ネリムは近づくことで応えた。

それからジードは、シーラを右手、ネリムを左手で握る。

「……！」

ネリムがピクリと身体を動かす。

それから一瞬。

シーラとネリムが互いに顔を見合わせた。

「ど、どうして！」

「あれ？　あなた誰？」

金髪の少女――シーラが首を傾《かし》げる。

その対面では青い髪の少女――ネリムが驚愕に顔を染めていた。少なくとも自分にはできなかったはずの魔法が行使されていることに対する驚きだった。

ネリムは自らの身体を真っ先に確認して気づいたのだ。『アステアの徒』がネリムに掛けた呪いの魔法がないことに。

かといって――シーラにも魔法はなかった。

この短時間で解呪の魔法を新たに生み出すことなんて不可能だ。

ネリムの脳裏をひとつの答えが過《よぎ》る。同時にジードの方を見た。

「…………ああ、やっぱり、こういう応用もできるんだな…………」

ジードはゆっくりと自分の身体を眺めていた。

「あ、あなた……」

それ以上の言葉を、ネリムは続けられなかった。

絶句したのだ。

これから彼の身に起こる状況を悟って。

すべての業を引き継いでしまった彼への罪悪感もあって。

「なあ、シーラ。好きだ」

「ふぇっ!?」

「――だから、幸せに生きてくれ」

ジードの顔に黒い模様が映る。

いよいよ魔法の進行が、誰の目から見ても明らかなくらいに蝕んでいたのだ。

(こんなに鼓動が速く聞こえるなんて、どれくらい久しぶりだろう。……ああ、そうだな。

死ぬのはやっぱり怖いんだな)

ジードが足から崩れ落ちる。

顔がガクリと力なく垂れる。

「「ジード！」」

クエナとシーラがジードの手を握る。

（ああ、温かい……）

たしかな感触を覚え、震えながら顔を上げる。

二人の顔を見るために。


——だが、ジードの目には暗闇しか映らなかった。


「あれ……クエナ……？　シーラ……？　どこ……だ？」

「じょ、冗談やめてよね？　あんた、毒食べても平気じゃないの！　呪いなんて……！」

クエナが悪夢にうなされるような声で語り掛ける。

「精神に転移した呪いならば理論上は代替魔法で入れ替えることも可能……でも理論上で可能だからって出来るはずが……それに！　いくらあなたでも背負うには荷が重すぎる。これは……最強の対個人特化型の魔法よ。有史よりも前から存在するもの……」

ネリムが言いかけて止める。

それが何の慰めにもならず、自分の知識をひけらかすだけのものであると分かってしまったからだ。

「邪剣ちゃん、教えて！　ジードやばいんだよね!?　なにか助ける方法ないの！　私の……私の命じゃダメなの!?」

もしもネリムが何らかの手段を提案したならば、シーラは一瞬の迷いもなく実行に移すだろう。

たとえ、それが本当に自らの命を捧《ささ》げることになろうとも。

「あったら……私もやっているわ。この自己犠牲は本物の証《あかし》だもの。彼はあなた達《たち》を愛していた。偽物ではない、本物の愛だった」

純粋な言葉だった。

感嘆であり、驚愕《きようがく》であり、尊敬だった。

だが、シーラに湧いた感情は彼女には珍しい、怒りだった。

「自己犠牲ってなに。自分を犠牲にしないと本物じゃないの？　私はそうは思わない。もしもジードが私を裏切るような日が来たとしても……私は信じたことを後悔しない。それだけ人生を変えてくれた。それだけ優しくしてくれた。それだけ……一緒にいて楽しかったから——」

まだ微かに残っているジードの温《ぬく》もり。

シーラがジードの手を握り、自分の頬に迎える。

「——だから、大丈夫。私は信じてるよ。ジードはこんなことじゃ死なないよね……？」

シーラの涙が伝い、ジードの頬にあたる。

瞬間。

淡い光がジードの身体《からだ》を包む。

真っ先に反応したのはネリムだった。

「なに、これ」

その戸惑いは『アステアの徒』がもたらした呪い以外の何かが起こっていることを示していた。

光はやがて、侵蝕《しんしょく》していた魔法を取り除いた。

「………あれ？　なんとも……ない？」

「ジーーーードーーーっ！」

「うぉうっ」

シーラが勢いよく抱きつく。

感極まった様子で、普段はそんなシーラの行為を叱るはずのクエナも目じりの涙を拭いながら温かく見守っていた。

「知ってたわ。あんたは死なないって。こんなことで死ぬやつじゃない」

その安堵《あんど》の表情からは、断じるような言葉とは裏腹に、心の奥底にあった不安が見え隠れしていた。

そしてこの場において、一人だけ不可解な顔をしている人物がいた。

ネリムである。

「なぜ……打ち消す魔法があったというの……？　それとも呪いにまで抗体があるとでも……？　でも……どうしてジードが……？　ジードだけが……？」

ネリムが呟《つぶや》く。

そこには軽い絶望もあった。

ネリムは確かに見てきた。

この魔法で死んでいく仲間たちを。

そして、この魔法を掛けた裏切り者さえも――

呪いの侵蝕はかつてネリムが見てきたものと同じ。紛れもない死の予兆であるはずだった。

「――リフのやつ、こういうことだったんだな」

ジードが懐からマジックアイテムを取り出す。

綺麗《きれい》にカッティングされた、一見すれば宝石と間違える出来のものだ。

それが元来の形状から離れており、仕事を終えたとばかりに両断されていた。

すでに魔力も消えている。

もはや本当に出来損ないの飾り物でしかない。

内蔵された魔法回路の鮮やかな構造を除けば。

「説明して。どういう……ことなの」

ネリムが顔を俯《うつむ》かせる。

表情は見えない。

しかし、震える声と流れ落ちる涙を見れば、自然と感情は見えてくるだろう。

そんな様子に、事情を知らない三人も巻き込まれた怒りより同情の気持ちが上回った。

「知りたかったら付いてきてくれ。俺達と共にリフの下へ行こう」

「どちらにせよ選択肢はないものね」

ネリムが頷《うなず》く。

三人はそんな彼女を見て、落ち着きを取り戻した。

「……あ、あのさ。近い……かも」

ジードがシーラに対して言う。

「ふぁっ！」

今のいままで抱き着いていたシーラがパッと離れる。

普段から積極的な彼女だが、いざとなれば羞恥心が蘇《よみがえ》るようであった。顔を真っ赤に染め上げている。

二人の間には少しだけ距離感が出来ていた。

呆《あき》れたようにクエナがため息をつく。

「ネリム、ちょっとごめんね。……――シーラ、あなた何か忘れてない？」

「わ、忘れてる……？」

「さっき、ジードがあなたに何か言わなかった？」

クエナがシーラの記憶を呼び起こそうとする。

それは『さっさと返事しときなさい』と促すものだった。

「おっ、おいっ。また後ででも……！」

「――私も！」

シーラが声を上げる。

小さくも精一杯の、可愛《かわい》らしい声を。

「――私も好き！」

言って、シーラがジードに唇を合わせる。

互いに柔らかい感触が伝わる。

時間にしてみれば一秒にも満たない程度だが、二人にしてみれば永遠に感じられたこと

だろう。

鼓動が跳ねている。

離れていても聞こえるほどに。

「……私は一体なにを見せられているの」

「だから謝っておいたじゃない」

傍《そば》でネリムとクエナが会話をしている。

ネリムはあまり見ないよう顔を赤くしながら視線を逸《そ》らしている。

反対にクエナはジードとシーラの様子を見ながら満足げに頷いていた。

そんな二人の様子はジードとシーラの二人には届いていない。

◇

俺たちはリフの下に戻るため、長い洞窟を歩いていた。

先が見えにくい道ではあるが、幅も高さも大きいため、クエナが炎系統の魔法で照らしている。

そのクエナの炎魔法を以《もっ》てしても解けない氷が洞窟を覆っていた。

「こんなの私が来た時にはなかったんだけど……」

「急いでたから全部凍らせたんだ。魔物には申し訳ないことをしたな」

Bランクや Aランクに相当する程の強力な魔物が凍り付いている。

勘の鋭い魔物は危険を察知したようで、凍結から避けようと逃げている姿もあり、無差別に倒してしまったことに対して罪悪感がふつふつと湧いてくる。

しかし、こうでもしなければ襲われていたことだろう。

「ところで、リフは私に何がしたいの？」

「さぁ」

ネリムの問いに首を傾《かし》げる。

すると、目を細めて睨《にら》んできた。

「なにそれ、怪しいんだけど。今からでも全力で逃げた方がいいの？」

「いや、本当にわからないんだ」

「ふーん。でも、彼女『アステアの徒』の一員なんでしょ。私を邪剣から解放した時にそう名乗っていたけど」

「そうなのか？」

すこし驚く。

つまりネリムに魔法を掛けた連中と同一の組織に所属していることになる。

もちろん、時代は違う。

アステア教も一時的に解散して、名目上は新たな組織となっている。

そもそもネリムは遥《はる》か昔の人物だったそうなのだから、組織を変えずに維持する方が難しいのではないだろうか。

（それでも……ネリムから見れば俺達《たち》は怪しさ満点だな）

だが、俺としてはリフを信じて欲しい。

あいつから悪意は感じない。

俺の考えに理解を示せる部分もあるようで、ネリムは不服そうに頷く。

「ええ。でも、あなたにマジックアイテムを持たせていた。あの呪いの魔法を解除できるものを。私の時代にはなかったものを。きっと私を救ってくれるつもりだったと思うの」

「そうなるとリフの目的はネリムを匿《かくま》うことか？」

「おそらく」

ネリムが頷く。

不意に遠くで太陽の光が届いていた。

どうやら洞窟も終わりが近いようだ。

「私としては匿うのには反対だけどね」

そう言うのはクエナだった。

「どうして？　邪剣ちゃんが可哀《かわい》そうじゃないの。あんな呪いの魔法を受けるようなら守ってあげるべきよっ」

「あんたねぇ……眠っていたから知らないだろうけど、シーラの身体《からだ》を使ってアステア関連の施設を襲っていたのよ。今や大勢の人が討伐対象としてあんたを捜しているの。犯人だと思ってるから」

「なんですと……!?」

さすがのシーラも、自分が置かれた境遇を理解したようだった。

アステアには『犯人』を差し出さなければいけない。

表面上はシーラであったが、真犯人はネリムだ。

仮にネリムを保護するのなら、シーラを差し出さなければいけない。

だが、シーラの無実を証明するならネリムを差し出さなければいけない。

それがクエナの主張だ。

俺もシーラを差し出すことに関しては反対で――

洞窟を出た俺達を出迎えたのは見知った顔ばかりであった。

「――お久しぶりです、救世主様」

緑色の髪を持つ年端もいかぬ少女がペコリと行儀よく頭を下げる。

「ああ、久しぶりだな。スフィ」

今やスフィは真・アステア教の中でも絶大な影響力を誇っている。もしかすると俺の方が頭を下げなければいけないかもしれない。

そんなスフィの隣には同様にして多大な影響力を持つ少女が二人。

「ジードさんっ」

「ジード……」

ソリアにフィルだ。

「よ。元気してたか」

「はい！　おかげさまで……！……ジードさんもお元気そうで何よりです」

俺の言葉に嬉々《きき》として反応したが、すぐに厳粛な顔に戻る。

彼女達以外にもいる。

エイゲルとロイターだ。

「これだけのメンツが揃《そろ》って何の用だ？」

「察しは付いているんだろう。おまえの後ろに隠れている女を渡せ」

ロイターがシーラを睨みながら言う。

俺の背後に見つからないよう隠れていたシーラがビクリと震える。

「断る」

「即答だな。では戦う用意が出来ているということで良いな？」

ロイターが大剣を抜く。

空気が薄くなった。

そう勘違いしてしまいそうな圧を感じる。

これがギルドで最強と呼ばれる男か。

平気そうな顔をしているのはネリムとフィルくらいか。

「ちょっと、勘弁してくださいよ。僕やスフィさんは非戦闘員レベルなんですから」

エイゲルが苦しそうに襟をパタパタと扇《あお》ぎながら言う。

首元が締まっているような錯覚に襲われたのだろう。

ロイターの発する圧倒的な強者のオーラはそれだけ重い。

「おまえは仮にも今代の【賢者】だろう。……スフィ様、ご安心ください。私は何があろうとも味方ですから」

エイゲルが賢者……？

たしか賢者には大魔法を取得している大陸随一の魔法使いが選ばれるはずだ。だが、エイゲルの魔力は一般人と同様に視《み》える。

なんて。大体の想像はついていた。

マジックアイテムを使った戦闘をするのだろう。

身体のあちらこちらから変則的な魔力が漂っている。

きっと常備しているマジックアイテムから流れ出ているものだ。

「ちょっと待ってください。私は救世主様と争うつもりはありません。きっと、それはソリア様もフィル様も同じでしょう」

ソリアもフィルも否定しなかった。

それは暗にスフィの言葉を認めていることに他ならない。

さらに隣でエイゲルが軽く手を挙げる。

「あ、僕もです。個人的に好感を持ってるんで」

「……っ」

いきなり孤立したロイターが絶句する。

まぁ、ロイターに関しても、ロイター以外は知り合いばかりだしな。

エイゲルに関しても、彼の父親とは仲が良い……なんて言ったら小恥ずかしいのだが、俺は勝手にそう思っている。

「救世主様、私は無理を言ってここまで連れてきてもらいました。あなたとお話をするために」

スフィが両手を合わせて、まるで神に縋《すが》るように懇願する。

「シーラさんは真・アステア教に尋常じゃない被害をもたらしました。これ以上の野放しは許されません。信者や神父、シスターの間で不安が伝染しています」

「だからシーラを渡せ、ってことか？」

「どのような事情があれ、身柄を拘束しなければなりません。シーラさんの安全は私が保障します。私みたいな子供が言っても信じられないかもしれませんが……」

「いいや、スフィのことは信じられる」

「でしたら」

「それでもシーラは渡せない」

シーラとネリムを連れながら、こうしてスフィ達と会話すること自体がリフの依頼に反することであることは分かっている。

だが、スフィ達は真摯に対応しようとしてくれている。

それに応えなければ、これから余計に拗《こじ》れるかもしれない。

「ジードさん……私はジードさんに必ず協力します……！」

「私や近衛《このえ》騎士団はソリア様の意向に従います」

俺の譲歩しない姿勢を見て、何かしら察してくれたのだろう。ソリアとフィルが息を合わせて理解を示した。

それからエイゲルも頷《うなず》く。

「僕もそちらに一票ということで。多数決なら一旦解散しなければいけませんね、我々は」

「平和的な解決が望めるのならば、な」

ロイターが補足する。

しかし、いきなり攻撃を仕掛けてくるようなことはしない。

いつどんな状況で荒事になっても問題ないと思っているようだ。

何より選択と決断はスフィに任せているのだろう。最後の確認とばかりにスフィの方を見ている。

スフィの視線が俺を捉える。

それから、次に会ったら返そうと持ち歩いていた聖剣を見つけたようだった。

「――条件があります」

スフィが苦々しい顔で続ける。

「勇者を引き受けてください、救世主様」

「……」

シーラのためにすぐさま返事をしたかった。

が、思いとどまる。

そう簡単に決めて良いことではない。

「シーラさんの罪は大きい。容易《たやす》く解決できることではありません。そうなれば人々の目を誤魔化すための理由が必要です」

「そこで俺が勇者になれば良いということか？　受けたり断ったり……きっと、俺は嫌われ者になるな」

「安心してください。筋書きを用意すれば評価が改まることもあります。たとえば、今回神聖共和国を暴走した精霊たちが襲いました。それを止めたのは救世主様です。そこで改めて人を救う意義を見出《みいだ》し、勇者を引き受ける……これならば支持を得やすくなるでしょう」

それから、とスフィが続ける。

「犯人がシーラさんであることを知る人は少ない。今までの一件は暴走した精霊が元凶であるとして、偶然アステア関連の施設が襲われたことにします。シーラさんを目撃した人には、操られた人族がいたことにします。ほとんどが国の組織に属する公人か真・アステア教の関係者なので周知徹底は容易でしょう。操られていたのなら罪はない」

恐ろしいまでの計画能力だ。

何てことはない考えのようではあるが、それを恐らくこの場で一瞬にして考案して見せた。

あるいはこうなることを予期して幾つものパターンを考えていたのかもしれない。

そして何より実行するのはスフィ本人になる。

それはつまり、彼女が実行できる範囲での提案ということ。

おそらく今日にでも動くことができるのだろう。

俺の前に立っているのはルイナか、リフか。弱冠ながら、彼女たちを彷彿《ほうふつ》とさせるとは末恐ろしい。

「でも、問題がある。精霊を止めたのは俺じゃない。巨大な爆発が起こったんだ」

「それは僕ですね」

エイゲルが赤い水晶を取り出す。

親指の第一関節までくらいの小ささだ。

「そのマジックアイテムで爆発を起こしたのか？」

「ええ。試験段階なので僕以外はもっていませんけど。僕的には実戦での結果が見れただけで満足なので戦果くらい譲ります。問題なしです」

エイゲルがダブルピースをして口角を上げる。

「救世主様、どうされますか。あとはあなた次第です」

「どうって――」

普通に考えれば勇者を引き受ける以外の選択肢は見当たらない。

だが、俺の答えよりも先に、ソリアが深刻な顔で言う。

「――スフィさんとロイターさんはギルドを辞めました。私もかつて、『聖女になるのならギルドを抜けてくれ』と言われています」

それは脅しのような助言だった。

「俺もギルドを……辞めさせられるのか？」

「いいや、あくまでも個人の判断だろう。勇者パーティーの仕事を全うするため、雑念を抱くことがないようにするための提案だ。リフ殿はよく考えている」

俺が勇者になる可能性を孕《はら》んだ途端、ロイターの物腰が柔らかくなっていた。いつの間にか大剣も鞘《さや》に納められている。

「ご安心ください、救世主様。ギルドを辞められたのなら、神聖共和国で最高位の騎士の称号をご用意します。それに真・アステア教の司祭の座も兼ねることができます」

スフィが屈託のない笑顔で言う。

「待て待て。俺がギルドを辞める話になっているが、それは別に強制じゃないんだよな？なら俺は別に辞めるつもりはない」

「強制ではないようですけど……」

ソリアの歯切れが悪い。

半強制的ということだろうか。わざわざ言葉にしようとするほどなのだから、きっとそれだけの空気が流れていたのだ。

しかし。

「どちらにせよ、俺には勇者を引き受ける以外の選択はないんじゃないのか？」

「……すみません。力及ばずで」

ソリアが申し訳なさそうに首を垂れた。

「いいや、ありがとう。戦わないでくれて」

それから背後のシーラが俺の裾を握り、おずおずと顔を覗《のぞ》いてくる。

「私のせいで面倒なことになってごめん……もしも嫌だったら勇者なんて断っていいんだよ……？」

「気にしなくていい。おまえが誰かに取られることの方が嫌なんだ」

「うぅ……」

それにリフとの約束もある。

もはやネリムの姿を捕捉されてしまった以上は完全に隠しきることはできない。

しかし、まだ無事に連れ帰ることはできる。

「――スフィ。改めて、勇者を引き受けるよ。節操がないけど」

「いえ！　そのお言葉を聞けただけで嬉《うれ》しいですっ！」

スフィの満足げな表情が印象的だった。

そして何より、敵意剝《む》き出しだったロイターの雰囲気が一変して温和になったことも。

◇

ギルドに戻る。

目深く被《かぶ》らせていたフードを脱ぎ、シーラとネリムがリフと対面していた。

「今度は逃げないのじゃな？」

リフがいたずらっぽく笑う。

それにネリムが口をへの字に曲げて返した。

「あの時は敵だと思っていたからね。『アステアの徒』の一人だと名乗っていたし」

「わらわも言い方が悪かったの」

かっかっか、とリフが笑う。

「ちょっと良いか？」

「おぅ、ジードよ。ご苦労であったな。どうかしたかの？　褒賞であれば存分に渡すぞ」

「実はネリムやシーラを連れてくる途中でスフィやロイター達《たち》と会ってしまったんだ。秘密裏って条件だったんだが……すまない」

「ふむ。ちと面倒じゃが、こちらで何とかしよう」

顎に手を当てて考え込む体勢を見せる。

見た目から小さな子供が必死に考えている様子に見えてほっこりしそうになるが、そんな場合ではない。

俺の言いたいことはこれだけではなかった。

「話はこれだけじゃないんだ。スフィ達に納得してもらうために勇者の話を引き受けた」

「……そうか」

リフの目が一瞬だけ見開かれる。

それから普段通りに戻った。

彼女の仮面が剝がれ、素顔が垣間見《かいまみ》えるほどの話だったのだろう。しかし、そうと気取らせないために隠したのだ。

きっと、あまり見ることのできない表情だったのかもしれない。

「ジードよ。おぬしは勇者に励め。ギルドは……」

「辞めたくない」

言いかけたリフを遮る。

それはあらかじめ決めていた。ギルド脱退の話を持ち掛けられそうになったら言うつもりだったのだ。

「勇者と冒険者を兼任するつもりか？」

「ああ、そのつもりだ」

「それは勇者を軽視しすぎておる。おぬしの実力は認めるが、人を救うことは簡単ではない。勇者の責務だけを全うすることじゃ」

まるで有無を言わせない様子。

これがソリアの言いたかったことだろう。

事前に何も知らなければ頷《うなず》いてしまいそうだ。

「勇者になることはスフィと約束したから、辞退することは不義理になる。だけど俺をクゼーラ騎士団から引き抜いてくれたギルドに――リフには恩を感じている」

「くく、そう言ってくれるのは嬉しいの。じゃが、もう十分に返してもらった。無理を押し通してもらうつもりはない」

一歩も引いてはくれないみたいだ。

それだけリフの意思は固いということだろう。

最中、後ろから援護射撃が加わる。

「ジードは『裏切り者』にはならないと思うわよ」

ネリムだ。

彼女の発言にリフが息を呑《の》む。

「分かっておるのか。敵がどこに潜んでおるか……」

「少なくともここにはいないと思うけどね。シーラやクエナとは結構長い間ずっと一緒にいたし。ジードの覚悟はちゃんと見たわ。アステア側に行こうとも、染まる危惧は限りなく少ないはずよ」

なんの会話をしているのだろう。

しかし、俺が今すぐ会話に割り入って邪魔するような真似《まね》はできない。俺の進退を決めるためのものなのだから、余計な口は挟みにくいのだ。

リフが腕を組んで首を捻《ひね》っている。

「…………」

ああ、やはり幼児を眺めているような心の緩みが生まれてしまう。

だが、そんな見た目に反して、俺の想像では及ばないくらい頭の中ではいくつもの状況を想定しながら悩んでいるのだろう。

「あなたは私を味方に引き入れたいのでしょ。きっと目的は同じだろうから。けど、私からしてみればこの場で一番怪しいのはあなたよ」

「たしかにの。これは一本取られたの」

リフが面白そうに喉を鳴らす。

「あなたを信じて欲しいのなら、私の信じる彼らを受け入れて。ジードは言わずもがな、シーラもクエナも強い」

妙に説得力を感じる言葉だった。

リフが天井を眺めながらため息交じりに微笑《ほほえ》んだ。

「わかった。信じるのじゃ」

「前は信じてくれていなかったの？」

クエナが寂しそうに言う。

それには俺も同感だった。

俺はリフのことを信じていただけに、片思いをしていたような胸の痛みがある。

「いや、元から信じてはいたがの。信用が信頼にランクアップといったところか」

その些細《ささい》な単語の変化の意味はよくわからなかった。

しかし、ランクアップならばより良くなったと考えて良いだろう。

それだけで嬉しく感じる俺は単純すぎるだろうか。

「それじゃ、事情を説明してくれるか？　『アステアの徒』だとか【勇者】だとかの話をさ」

「うむ。まずはわらわの過去から話すべきじゃろう」

それからリフが続ける。

「わらわは二世代前の勇者パーティーの【賢者】じゃった」

「「まじか」」

俺とシーラが驚きを示す。

クエナは知っているようだった。

ネリムも頷いている。

「まぁ、そうでしょうね。ちなみに私はいつの世代なの？」

「九つ前の世代じゃの。歴代最強格と呼ばれていただけに、今でもよく名が挙げられておるよ」

「そう、九つも……私たちからさらに八世代も……」

「いいや、四世代前と八世代前は何ともなかったのじゃ。全員が天寿を全うしておる」

「それは良かった。本当に、良かった」

「もしもーし。事情を説明してくれるんじゃないのー？」

シーラが尋ねる。

「すまんすまん。ともかく、わらわとネリムは賢者や剣聖でありながら、勇者と呼ばれる者と肩を並べる存在であった。人族の中でも飛びぬけて優秀じゃったのじゃ」

自分で言うのか、なんてツッコミはない。

リフが優秀である事実はこの場の誰もが認めるところだ。

今回の一件では俺もリフのマジックアイテムがなければ死んでいたことだろう。

「それがどうしてアステアに弓を引くんだ？」

「最初からわらわ達を殺す計画を立てていたからじゃ」

「……えーと。どういうことだ？」

「そのままの意味じゃよ。ジード、勇者パーティーが現れるのはいつ何時かの？」

「魔王が現れた時だな」

「うむ、そうじゃ。魔王は強い。その力で大陸を支配しようと目論《もくろ》むのじゃ」

「それが魔族だものね」

シーラが言う。

そう。

七大魔貴族なんて最たる例だろう。

力こそが全てだと言わんばかりの連中だった。

「しかし、考えてもみるのじゃ。強い者からしてみれば力の使い方を実演してくれる存在でもある。この世界が弱肉強食であることを改めて教えてくれる存在じゃ」

「あまり良い言い方じゃないわね」

「嫌悪感を抱くのも分かるが、残念なことに歴史が証明してしまった。初代の勇者は知っておるか？」

「レイニースね」

当然とばかりにクエナが答える。

もちろん、俺は知らない。

シーラはどうだろうと顔を覗いてみる。

ふふんっと自慢げだ。

あ、これ「知ってた」って顔だ。

さすがに騎士学校の首席だっただけはある。

リフのことも知っておけよとは思うが黙っておこう。何も知らない俺が言えたことではないからな。


「いいや、違う」


……違うんかいっ！

したり顔だったシーラが『ガーン！』と、どこからか効果音を出しながら驚いている。

「どういうこと？　レイニースで間違いないはずよ。ウェイラ帝国の皇室で習ったことだもの。万が一の間違いもないわ」

「作られた歴史の話であれば間違いではない。じゃが、正当な歴史は違う。初代勇者は別におった」

「それって……」

「『アステアの徒』だけが知らされる話じゃ。魔王を討伐したのちに感化されてしまった哀れな男の欲望の物語……。大陸を支配しようと目論んだ、もう一人の魔王こそ初代勇者じゃ」

「そんな歴史があったのね」

「ルイナは知っておるじゃろう。あやつも『アステアの徒』じゃからな」

それはつまりウェイラ帝国の皇室であろうとも知らされない話というわけだ。あくまでもメンバーでなければいけない。

「そんなに秘匿される理由ってなんだよ？」

「いくつもあるが、勇者に関しては信頼の失墜を防ぐためじゃの。初代勇者が欲望に駆られて大量虐殺を引き起こした話なんて誰も聞きたくないじゃろう」

どうやら蓋をされた歴史は想像以上にひどいもののようだ。

「なるほどな……それで、その話となんの関係があるんだ？」

「初代勇者が魔王に堕《お》ちたことを受けてアステア教は方針を変えた。突出した力を持つ人族も魔王と共に葬り去ることにしたのじゃ」

「――」

ネリムとリフの悲痛な顔が印象的だった。

「ねぇ、でも殺されたのは勇者パーティーだけなんでしょ？　突出した人族なんて他にもいたんじゃないの？　なんでわざわざ……」

「影響力じゃの。大規模な戦争で人を動かすには英雄が必要じゃ。しかし、戦時には役に立ったカリスマ性も戦後には余計な影響力となる。初代の勇者も魔王を討伐した後に国王として暴権を振るったからの。しかし、実際のところ勇者パーティー以外にも秘密裏に処分された人物はおったじゃろう」

「それでも勇者パーティーを悲劇の中心に据えて話しているのは、私たちが直接の被害者だったからってこともあるけど、どの世代を見ても構成メンバーのほとんどが確実に殺されていたからよ」

リフの言葉にネリムが付け加える。

「ひどい……じゃあ、リフや邪剣ちゃんのパーティーの人も殺されちゃったの？」

「ええ、私のところは信頼していた勇者が刃を向けてきた。その後は風の便りで病気で死んだって聞いたけど、十中八九殺されているでしょうね」

「わらわの時は聖女の裏切りに遭った。違いがあるとすれば、わらわは『アステアの徒』に対して魔法技術を提供することで助命された」

「魔法技術？」

「うむ。たとえば、ネリムに掛けられていた呪いの魔法に対抗するマジックアイテムがそうじゃ。『アステアの徒』が持つ対個人最強クラスの魔法を無効化した。これは奴《やつ》らの計画が破綻することを示しておる」

「それを回避するためにリフを仲間に引き入れたの？」

「まぁの。元々はわらわを殺すつもりだったらしいが、やつらの神代魔法に完璧に対処した実力が買われたのじゃろう」

平静を装っている。

だが、わかる。

内に秘めた怒りは果てしないものだ。

リフは仲間を殺されて「よかった、わらわだけが生きておる」なんて言うタイプではない。

「……俺だったら『アステアの徒』を皆殺しにしているかもしれない」

ぼそりと呟《つぶや》く。

それにリフが頷《うなず》いた。

「わらわもそうしようと思った。じゃがの、奴らの全貌までは把握できなかったのじゃ。あくまでも冷静に情報の真偽を確かめ、追い詰めていく。しっかりと根絶しなければ意味がないからの」

「私とは真逆ね」

ネリムが言う。

彼女はアステアに関連する全てを徹底的に潰していた。

それはシーラを救う目的があったのだから仕方がないとは思うけど。

行動は対照的な二人だが、目的は同じだ。

「わらわは『アステアの徒』に利用されておる。じゃがの、それも全ては組織を崩壊させるためでしかない」

その覚悟に対して真っ先に反応したのはクエナだった。

「相手の大きさを分かって言ってるの？」

もちろん、リフが知らないわけがない。

クエナよりも知っているだろう。

それこそ内部の人間なのだから当たり前といえる。

それでもクエナがあえて聞いたのは、それだけリフが口にしていることの難易度が高いと言っているのだ。

「確実に『アステアの徒』の息がかかっていない実力者を数名囲ってある。ギルドのSランク達《たち》じゃ。他にも戦力はおる」

「だとしても、勇者パーティーだけで【星落とし】の剣聖ロイターでしょ。さらにマジックアイテムに長《た》けた賢者のエイゲルもいる。あれは魔法なしで賢者に選ばれた天才よ。それに信者の中にもAランク並みの実力者がゴロゴロいると考えて良いはずよ」

「うむ。相手の数も質も高いと考えるべきじゃろう。しかし、ネリムもこちら側に加わってくれるのじゃろう？　現在でも歴代最強と謳《うた》われる剣聖じゃ」

「あの組織を潰せるのなら力を貸すわ。出し惜しみはしない」

さらにリフもいる。

彼女の魔法の腕は間違いないだろう。

勇者パーティーのほとんどを殺している『アステアの徒』があえて生かしているほどの力量だ。

直《じか》に見たことは数回程度だが、知識の深さと技術の繊細さは計り知れない。

しかも、ギルドまで動かすことができるのなら、大陸屈指の軍事力を誇る組織が味方に付いているようなものじゃないだろうか。

「そしておぬしらじゃ」

リフの目が鋭く光る。

隣でクエナが肩を竦《すく》ませた。

「遠慮しなくて良いわよ。欲しいのはジードでしょ」

「謙遜するでない、クエナ。おぬしも実力だけならSランクと言っても過言ではない」

「私は!?」

褒められると悟ったシーラがガバリと前のめりになる。

リフが苦笑いで頷く。

「シーラも強いぞ。一騎当千じゃ」

「やたー！」

嘘《うそ》ではないだろうが、見方によっては宥《なだ》められているな……

「答えを聞かせて欲しい。もちろん、断ることもできる」

クエナとシーラが俺を見る。

彼女たちは巻き込まれている側なのだから、俺の返答次第で付いてきてくれるつもりなのだろう。

「……『アステアの徒』の行動原理も分からないわけじゃない。『禁忌《きんき》の森底《しんてい》』で一人ぼっちになった子供の頃を思い出すとさ、今でも悪夢を見るくらいなんだ。強いやつに虐げられる恐怖を知っているから」

「安心すると良い。『アステアの徒』を崩壊させる計画は何個も用意してある。誰の命も奪わないものも中にはある」

「ああ、そうか」

リフに言われて自然と納得する。

彼女ならばそれを成し遂げるだけの知略を巡らせていることだろう。

大きな組織であるギルドを率いるくらいの人物なのだから、信じて良いはずだ。

リフに力を貸すか、貸さないか。

(……もしも力を貸したら？)

多くの敵を作ることになる。

まずはロイターだな。
やつは強い。
ギルド最強なんて言われていた。
俺と戦ったらどうなるのだろう。
……負けるのだろうか。
それにエイゲルか。
串肉屋の息子とは戦いたくないな。
それにマジックアイテムとの戦いも想像がつかない。
俺に恩を感じていると言っていたが、きっと敵に回すことになるだろう。
「すまんの。本当ならば時間を与えてやりたいが、ここで決めてもらわないとならぬ」
リフが回答を催促してくる。
「……神聖共和国も敵になるのか？」
「そうなる」
と、なると。
ソリアやフィルが敵になる。
戦いたくないな。
彼女達も同じ考えだと良いが、俺のように優柔不断ではないだろう。

どちらもやる時はやる奴らだ。
俺はどうだろうな。
いざ敵になったら殺し合えるのか。
スフィ……
『アステアの徒』がやっている非人道的な行為は知らないよな。
もしも知っていたら止めようとするはずだよな。
俺はスフィと【勇者】になることを約束した。
それは殺されるためじゃない。
スフィの求める救世主ってやつになるためだ。
人を助けるようなものだよな。
大丈夫。
スフィは戦場に出てこないよな。
リフもなるべく平和的に解決してくれるはずだ。
(でも、そうだな。答えは決まっていた)
リフの目を見る。
嘘はつかない。
「協力する。『アステアの徒』がやっていることは許せない」

「そうか、そうか……よかった。ありがとう」

リフの言葉には安堵《あんど》が伴っていた。

きっと、ここが運命の分かれ道なのだろう。

それだけの一大事が決まったのだと、頭でも本能でも理解していた。

第四話　これから

クエナの家は大きい。

元々はどこぞの貴族が王都の上屋敷として建てたそうだ。

その後に貴族家は取り潰されてしまい、空き物件になっていたところをクエナが購入した流れになる。

一世代限りの男爵家が保有していただけだったが、客人を呼んでも恥にならないほどの広さになっていた。

（だから空き部屋はそこそこあったはず）

元々はクエナ一人だけが住まう家だった。

しかし、後にシーラが住むことになる。

そのため空いていた部屋を三つほど使い、寝室と荷物置き場にした。家がなくなったのだから多少の荷物は仕方のないことだろう。

そこに俺まで住まわせてもらうことになっていた。

荷物は皆無に等しかったので俺は一部屋だけだ。

「……もう部屋がない？」

俺の対面に座るクエナが頷《うなず》いた。

「そう。他の空き部屋は武器とか野宿用の道具とかで埋まってるもの」

その隣に座るシーラが顎に手を当てる。

「なるほど……」

そして俺の隣でネリムが腕を組んでいる。

「私は別に拠点を用意しているから気にしないで良いわよ」

「そうはいかないでしょ。これからやることを考えると、なるべく一緒にいた方が安全よ。それに真・アステア教であなたのことを恨んでいる人がいないとは限らない。上から命令されなくても人を殺すような連中よ」

「ま、上の命令に従わないってのは分かるけどね。彼らは軍属じゃないわけだから」

そう。

つまりこれは新たな客人が来たことによる部屋不足の問題なのだ。

というか寝室が足りない。

ちなみにネリムと同じ理由で俺も宿をとれない。

不意に『ピコン！』とシーラが手を叩《たた》く。

「――ジードが私の部屋に来ればいいのでは!?」

「なんでよ。それならネリムとシーラが一緒に住んだ方が分かりやすいでしょ」

たしかにその方が納得できる。

そもそもネリムが邪剣の時代はシーラと寝泊まりしていたのだから自然だ。

シーラが両手の人差し指をくっつけたり離したり、もじもじと恥ずかしそうに俺の方をチラチラと見る。

「……だ、だって。私とジード付き合ってるんだよ……？」

かっ、かわいい。

破壊力抜群の顔に思わず胸がときめく。

まだ陽《ひ》も暮れていないのに、もう寝室に行きたい。

そこでちょっと刺激が強めの下着を着けて両手を広げながら「待ってたよ、ジード♡」なんて言ってくれるのだ。

明日の元気どころか夜の元気も呼び起こされてしまう。

「シーラに言うの遅れたけど私もジードと付き合ってるからね」

「なっ、なんですと!?　それは本当に!?」

驚き顔でシーラがクエナを見る。

「う、うそつくわけないでしょ……」

堂々と言い放ってみせたクエナだったが、今になって羞恥心が勝ったのか視線は誰にも合わせず顔を赤くしている。

ああ、かわいい。
普段が気丈なだけに隠れた慎《つつ》ましさを見せられて胸が締め付けられる。
ふと、シーラが俺とクエナの顔を交互に見ながら言う。
「なら寝室ふたつだけにしない？　私たち三人が寝る部屋とネリムの部屋」
その革命的ともいえる発想に何より驚愕《きょうがく》したのは俺だろう。
こんなに可愛《かわい》い二人が……寝室に!?
しかも俺と……一緒に!?
寝室で引きこもり宣言を発令してしまいそうだ。
クエナとシーラを寝室に拉致誘拐もしてしまうだろう。
また騎士団のお世話になりそうだ。
小躍りしてしまいそうになるが、ネリムの控えめな声が俺を現実に引き戻す。
「――ちょっと待ちなさい。私だけ気まずいんだけど」
咳払《せきばら》いしながら自分の存在を訴えかけている。
「「それは確かに……」」
俺とシーラが同調する。
シーラはとても残念そうな声だった。
きっと俺もそんな感じの声だったことだろう。

　というか内心では涙を流している。

「もういっそジードとネリムが同じ部屋なのはどう？」

　シーラが思い切った提案をしてくる。

　バンっとネリムがテーブルを叩いて立ち上がる。

「それは一番おかしいでしょ!?」

　猛烈な反対だった。

　そこまで否定されてしまうと悲しい気持ちになる。

　しかし、正論だから仕方ない。

「なら俺がソファーで寝るしかないか」

　ぽつりと呟《つぶや》く。

「えー、毎日？　身体《からだ》ダルくなっちゃわない？」

「それはまあ……」

　寝ることだけに関して言えばソファーでさえ天国だと感じられるくらいだ。

　今まで地面で寝ていたこともあれば、そもそも寝させてくれない環境にいたのだから、耐性は十分にある。

　とはいえ、やはりベッドで眠れるならそれが良い。

　連日ともなればなおさらだ。

シーラの言葉には同意しかなかった。

「ジードは宿に戻れば？」

それはネリムの意見だった。

すこし冷淡だと思ったのか、ネリムが補足するように続ける。

「ぶっちゃけ身体を取り戻した私より強いし。私たちはこの家で固まった方が良いかもしれないけど、あなた一人ならすぐに逃げられるでしょ。ていうか何が来ても撃退できるよね」

客観的に分析した結果なのだろう。

実際に真・アステア教によって、これから俺の印象はだいぶ改善されていくことだろう。

たとえ宿に泊まっても嫌がらせを受けることはないはずだ。

「うーん。迷惑を掛けちゃいそうなんだよなぁ……」

「逆に人が寄ってきそうだものね」

クエナが察してくれる。

たしかに勇者となれば今まで以上に人が押し寄せてくるだろう。

それこそ嫌がらせの依頼でギルドを混乱させてしまうほど。

「そうなると高級な宿だけど……冒険者お断りってところの方が多くてさ。しかも依頼のために宿以外での外泊も多いから、同じ部屋をキープしてもらうのは懐的にも心理的にも痛い」

お金がないわけじゃない。

しかし、貧乏性が染みついてしまっているためメンタルがやられる。

他にもある。

高価な宿に泊まるとなれば食事代も込みだ。

今やっと高級な料理に胃が慣れてきたところなのに、毎日食べたらきっと死んでしまうことだろう。

それなら食事を抜いてもらえば良いとも思ったが。

(値段は食事込みの時と変わらないんだよなぁ……)

やはり心苦しい。

貧乏性というのはある意味で呪いなのだ。

「じゃあ、いっそのこと大きな家を買っちゃうとか？」

シーラの良いアイディアに、ネリムが返す。

「どこの？」

「もっと王城に近いところに元公爵家の屋敷があったよね！」

「……でも」

もにゅもにゅ。

クエナが言いづらそうに唇を甘噛《あまが》みしたり、身体をふにゃふにゃと捻じっている。

「どうしたの？」

釈然としないクエナの態度に、シーラが近づいて尋ねる。

だが、やはりクエナはもにゅもにゅしている。

「……ぁ……ぅ……」

なにか喋《しゃべ》っているのだろう。

小声すぎて聞こえないが、たしかに言葉が繋《つな》がっていることだけは分かる。

「ねぇねぇ、聞こえないから大きな声で言ってみて？」

シーラがクエナの声を聞こうと近づく。

グッとクエナが腕に力を込めて口を大きく開いた。

「だから！　クゼーラ王国は一夫一妻制だから！　家を買うなら一夫多妻制のウェイラ帝国が良いって言ったの！！！」

ビクッ！

顔を近くに寄せていたシーラが跳ねるように声量の大きさに驚く。さながら猫のような反応だ。

「びっ、びっくりしたー」

「な、何度も聞くからでしょ……」

私は悪くない、とばかりにクエナが腕を組んでから視線を逸《そ》らす。一連の行動は恥ずかしさを紛らわせるためにやっているように見えた。

一拍してからシーラがクエナの言葉を呑《の》み込む。

「そっかあ。だとしたらウェイラ帝国で家を買うのがベストだよね？　そうなると家も大きめの方が良いかな？」

「待ちなさい。極力リフから離れない方が良いんじゃない？　ならギルドの本部もあるクゼーラ王都がベストな気がするけどね」

ネリムが厳粛に述べる。

的確な指摘ではあったが話し合いの場を長引かせるものである。

「ならクゼーラ王国に一夫多妻制を認めてもらうとかどう？」

「なに言ってんの。ギルドの本部を移してもらう方がマシでしょ」

そういえばクゼーラの政権が一挙に交代したこともあって、人口も領土も激減していた時期がある。

今はクゼーラ王国も地力を回復させているようだが、ギルドの本部をどこかに移そうという話になっていたことを聞いている。

しかし、実現が難しいことは間違いない。というかクエナはシーラを諭すために本部移動の件を挙げたのだろう。

どちらも無理であることは分かりきっていることだ。

「……はぁ。分かったわよ。私が我慢すれば良いだけでしょ」

ネリムが諦めたようにため息を漏らす。

「そ、そそそ、それは申し訳ないよっ！」

シーラが両手を振りながら遠慮した。

ネリムがあきれた様子で首を横に振る。

「生理現象だし。そこは仕方ないと割り切れるわよ。それに今更でしょ。あなたが今までジードを想《おも》って色々ヤってきたのは知ってるし。言わなかった？　感覚もある程度は共有されてたのよ。邪剣の時に」

「な、ななな、なんですと……!?」

シーラの目があちらこちらに泳いでいる。

俺と視線が合った時が一番揺れ動いていたのは気のせいだろうか。

クエナが目も当てられないとばかりに顔を押さえている。

「てか、クエナも被害者面してるけど一線越えてるでしょ。絶対。あんただけちょっとジードとの雰囲気がもうデキてるし」

「は、はぁぁぁっ!?」

クエナが悲鳴のような怒号のような、あるいは悟られないために上げている羞恥心のような、そんな感じの声を出しながらネリムを威嚇する。

ネリムはさもありなんといった様子で肩を竦《すく》めていた。

「もうなんか完全に吹っ切れた。良いじゃないの、好きなら好きで。結婚するつもりなんでしょ？」

「そ、そりゃそうだけど……！」

シーラがおずおずと頷《うなず》く。

ぷしゅーと熱そうな蒸気が昇っている。幻覚だろうか。

「ご時世的に子供を作るのは賛成できないけどさ。ま、お楽しみなら好きにすれば良いんじゃないの。それに男の人って溜《た》まるんでしょ？」

ネリムの視線が俺を捉える。

うっ。

極力話に交ざらない方がダメージが小さいと思っていた。回答如何《いかん》では俺の進退すら決まってしまうだろう。

「ま、まあ……そうだけど」

「じゃあ浮気されないように二人も頑張らないとね？」

多分……──

──部屋の温度が真夏なのではないだろうか。

ってくらい暑い。

そう感じるのは俺だけじゃないだろう。

クエナもシーラも汗をだらだらと垂らしながら目をぐるんぐるんとさせている。

「ジ、ジードは浮気しないもん！　そうだよね！　ね!?」

シーラの熱情にあてられそうになる。

が、ネリムの冷めた目線を浴びる。

「そんなことないよ。人は心移りするものでしょ」

心に冷や水を浴びて少しだけ客観的になれた。気がした。

「ハッキリ言ってクエナもシーラも俺にはもったいないくらい美人だし可愛《かわい》い。いつも一緒にいて気が休まるくらい性格も満点だ」

「……まさかここで更に口説いていくとは」

俺の言葉にネリムが引き気味に応える。

クエナは俯《うつむ》きながら言葉に詰まっていて、シーラは、

「うぅっ！　私からしたらジードの方がもったいないくらいだよ！」

ぎゅっと抱き着いてくる。

その可愛らしい声と大きなおっぱいに圧されて心が荒波に包まれる。

色々と元気になりそうだ。

「あのね……せめて私が寝ている時にしてね。これ言っておかないと昼間からお盛んなことになりそうだからさ」

「任せて！」

シーラがサムズアップでネリムに応えた。

どうやらシーラも吹っ切れたようだ。

クエナは流れに付いていけてないようで、どうすれば良いのか分からず今もずっと顔を俯かせている。

なぜそれが分かるのか。


——俺も同じだからです。


ネリムが続ける。

「それから……まぁ三人と私の寝室は離してくれると助かるんだけどさ。でもジードは良いの？」

ネリムの意図が摑《つか》めない。

というか頭がろくに働かない。

理性よりも本能の方が勝ってしまっているのだろう。

仕方なく、

「何が……？」

問い返す。

ネリムが流石《さすが》に恥ずかしそうに目線を合わせてくれない。

「いや、何がって…………毎日は……疲れてる時だってあるじゃない？」

「任せて！」

再びシーラがサムズアップで返した。

俺の回答よりも先だ。

何やら名案があるらしい。

「任せてって。それは女性陣で何とかできる問題なの？」

「ジードが疲れたって日は私もぐっすり隣で寝ます！」

「なるほど――……！」

振り切れた者同士の会話は凄《すさ》まじいほどにアホなのだろう。

ようやく俺の頭も冷静さを帯びてきた。

それはクエナも同様だったようで、ようやく復帰する。

「――別にどんなご時世でも子供は作るけどね」

その話を蒸し返すのか…………――――!!

よく見ればクエナは火照ったままだ。

どうやらこちらも振り切れてしまったようだ。

なんだ、この連鎖反応は。

「いや、別に止めないけど!　止める権利ないけど!　それはそれで危険でしょ!?」

ネリムが至極当然の回答をする。

だが、よもやクエナに道理が効くはずもない。

「それだけ強くなれば問題ないわ」

アホすぎて可愛い。

普段が凛々《りり》しくて気高くて真っ当なだけに余計にそう感じてしまう。

さらに横でシーラがパチンっと指を鳴らす。

「たしかに!」

「あんたも!?」

子供を作る予定・二人目が出来上がった瞬間だった。

場の空気が暴走している。

それを止める方法があればよかった。

だが、残念ながら空気をまとめる方法など俺は知らない。

これが魔力なら良かったんだが。

(でも、良いな。この感じ。和気あいあいとしてるって感じで)

率直な感想だった。

今もなおクエナとシーラ、そしてネリムで会話を繰り広げている。

それを聞いている俺の頬も自然と緩んでいて。

不意にネリムの言葉を思い出す。

(……浮気)

もうこんなにも出来た女性が二人も俺の傍《そば》に居てくれると言うのだ。これ以上の幸せを望めば神様に頰を叩《たた》かれるだろう。

そして、あるいは過去に戻されて騎士団の時代や……もしくは禁忌《きんき》の森底《しんてい》からやり直しさせられる可能性だってあるわけだ。

だが、ここにきて思い出した。

いいや、忘れていたわけではない。

どうすれば良いのか、ずっと考えていた。

でも答えが出なかった。

今の今まで。

(――ユイ)

俺は彼女に――告白されている。
しかし、答えは待ってもらっている。
それは俺のワガママだ。
告白された時にクエナとシーラが脳裏を過《よぎ》った。
だから保留してもらっている。
それから長い月日が経《た》った。
あるいは彼女もその言葉を忘れているかもしれない。
いや、ユイはそんな奴《やつ》じゃない。
何より、そうであっても答えなければ失礼だろう。
(俺は……どうして)
内心で答えは決まっている。
俺にはクエナもシーラもいるのだから、これ以上は身の程知らずというもの。
何よりクエナやシーラと一緒にいると分かってしまう。
一夫多妻というのは甲斐性《かいしょう》が必要だ。

愛を振り分けるにも限度があるというもの。
きっとクエナもシーラも、俺が二人を愛することだけでも我慢してくれているはず。
(だから、ユイには……)
もしかしたら最初から答えは決まっていたのかもしれない。
俺は臆病だからユイには傷ついて欲しくなかったのだ。
だから断る方法を模索していたのだ。
次に会いに行けるのはいつだろう。
もしかしたらリフに言ったら取り次いでもらえるかな。
不意にギルドカードが鳴った。
それもクエナやシーラと同時だった。
賑《にぎ》やかだった空気が一区切りつく。
明らかに緊急性のあるもので一斉に全員が視線を向けた。
「これは……」
クエナがぽつりと呟《つぶや》いた。
もっとも関係を持っているのは彼女だからだ。
内容は衝撃的なものだった。
たしかに――それは緊急事態だった。

『ウェイラ帝国の女帝、逝去』

ルイナの死。

それは到底考えられないことだった。

だが、それだけじゃない。

魔力が空間で輪転した。

「これは……転移!?」

ネリムの言葉にシーラも警戒心をむき出しにする。

反応できていないのはクエナだろうか。

顔には悲壮感を湛《たた》えていた。

どさり

二人の影が部屋に落ちる。

「ユイ……？　それに、ルイナじゃないか」

黒い髪に軍服の少女。

先ほど戦闘があったばかりのようで所々に砂ぼこりと裂傷があった。

そんなユイに守られるように抱きかかえられているのは、クエナと似た顔を持つ烈火色の髪の女性だった。

ルイナ・ウェイラ。

ニュースの一面を飾っている女性が現れた。

「あ、あんた生きてたの!?」

真っ先に食って掛かったのはクエナだった。

「なんだ、性急なバカが私の死をもう報じたのか？　それとも、まさかおまえ達《たち》まで敵に呑《の》まれているわけじゃないだろうな？」

たしかリフから聞いている。

ルイナは味方の側になり得る存在だと。

つまり彼女も『アステアの徒』と敵対関係になる可能性がある。

「安心しろ。俺達は仲間の側だ」

「だろうとも。だからこうして予《あらかじ》め用意していたマジックアイテムでここまで来たのだからね。さて――どんな事情から聞きたい？」

女帝は俺達の考えを見透かしてか、堂々たる様子で問答へと誘うのだった。

あとがき

寺王です。

ぬおー！　最後のシーラのイラスト凄《すご》すぎます、由夜先生！

そして今回も締め切りを守れない愚かな作者をやってしまいました。各方面の皆様にはご迷惑をおかけしてしまい申し訳ないです。

諸々《もろもろ》、担当編集者様には土下座したい限りです。

さて、いよいよ物語も佳境に入って参りました。

まだまだ表には出てない各方面の思惑やヒロインとの掛け合い……そして現れるクエナの大敵にしてジードのファーストキスの相手ルイナ先輩！　そしてユイの告白の行方は……!?

締め切りにお尻をひっぱたかれながら頑張りたいと思います。

次巻予告
女帝ルイナの突然の訪問。
その口から語られたのは『アステアの徒』により
彼女が帝国を追われるまでの
衝撃の顛末であった――
『アステアの徒』を
真なる敵と見定めたジードは
帝国支配の主導権を
取り戻さんとするルイナと
協力体制を取ることになり……!?
オーバーラップ文庫
ブラックな騎士団の奴隷がホワイトな冒険者ギルドに引き抜かれてSランクになりました
The Slave of the "Black Knights" is Recruited by the "White Adventurer's Guild" as a S Rank Adventurer
7
2022年夏発売予定!

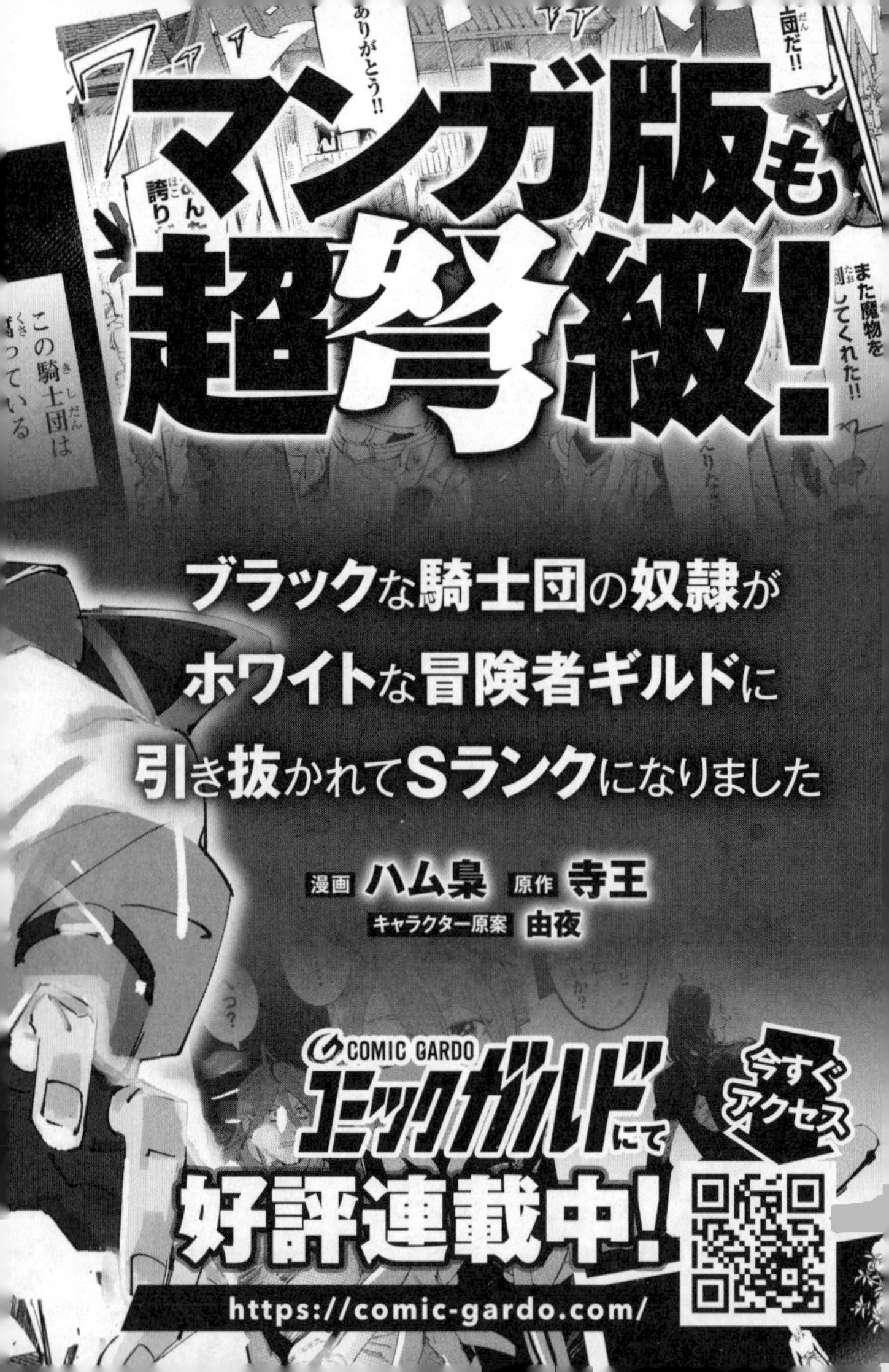

ありがとう!!
また魔物を倒《たお》してくれた!!
マンガ版も
超弩級!
ブラックな騎士団の奴隷が
ホワイトな冒険者ギルドに
引き抜かれてSランクになりました
漫画 ハム梟 原作 寺王
キャラクター原案 由夜
COMIC GARDO
コミックガルドにて
好評連載中!
今すぐアクセス
https://comic-gardo.com/

COMIC GARDO
ビギィイイイ
オォォォ。
壱式《いちしき》ー
ジ……
ジード……

作品のご感想、
ファンレターをお待ちしています

あて先
〒141-0031
東京都品川区西五反田 8-1-5 五反田光和ビル4階
オーバーラップ文庫編集部
「寺王」先生係／「由夜」先生係

OVERLAP

ブラックな騎士団の奴隷がホワイトな冒険者ギルドに
引き抜かれてSランクになりました 6

発　行　2022年2月25日　初版第一刷発行

著　者　寺王
発行者　永田勝治
発行所　株式会社オーバーラップ
〒141-0031　東京都品川区西五反田 8-1-5
校正・DTP　株式会社鷗来堂
印刷・製本　大日本印刷株式会社

Printed in Japan　ISBN 978-4-8240-0109-2 C0193

オーバーラップ　カスタマーサポート
電話：03-6219-0850／受付時間 10:00～18:00（土日祝日をのぞく）

オーバーラップ文庫
——そして、少年は〝最強〟を超える。
ありふれた職業で世界最強
ARIFURETA SHOKUGYOU DE SEKAISAIKYOU
WEB上で絶大な人気を誇る
“最強”異世界ファンタジーが書籍化!
クラスメイトと共に異世界へ召喚された“いじめられっ子”の南雲ハジメは、戦闘向きのチート能力を発現する級友とは裏腹に、「錬成師」という地味な能力を手に入れる。異世界でも最弱の彼は、脱出方法が見つからない迷宮の奈落で吸血鬼のユエと出会い、最強へ至る道を見つけ——!?
著 白米 良 イラスト たかやKi
シリーズ好評発売中!!

オーバーラップ文庫
Sランク冒険者である
俺の娘たちは
重度のファザコンでした
コミックガルド
にて
コミカライズ
連載中!
［最強の娘に愛されまくり!?］
将来を嘱望されていたAランク冒険者の青年カイゼル。しかし、彼はとある事情で拾った3人の娘を育てるために冒険者を引退し、田舎で静かに暮らしていた。時が経ち、王都に旅立ったエルザ・アンナ・メリルの3人娘たちは、剣聖やギルドマスター、賢者と称され最強になっていた。そんな娘たちに王都へ招かれたカイゼルは再び一緒に暮らすことに。しかし、父親が大好きすぎる娘たちは積極的すぎて——!?
著 友橋かめつ　イラスト 希望つばめ
シリーズ好評発売中!!

オーバーラップ文庫
ひとりぼっちの異世界攻略
チートに頼らず、チートを超えろ――
［“最強”にチートはいらない］
高校生活を“ぼっち”で過ごす遥《はるか》は、クラスメイトとともに異世界へ召喚される。気がつくと神様の前にいた遥は、数々のチート能力が並ぶリストからスキルを選べと告げられるが――スキル選びは早い者勝ち。チートスキルはクラスメイトに取り尽くされていて……!?
著 五示正司 イラスト 榎丸さく
シリーズ好評発売中!!

オーバーラップ文庫
信者ゼロの女神サマと始める異世界攻略
Clear the world like a game with the zero believer goddess
第5回
オーバーラップ
WEB小説大賞
〈金賞〉
受賞作
［授けられたのは──最強の“裏技”］
ゲーム中毒者《ジャンキー》の高校生・高月《たかつき》マコト。合宿帰りの遭難事故でクラスメイトと共に異世界へ転移し、神々にチート能力が付与された──はずが、なぜか平凡以下で最弱の魔法使い見習いに!?　そんなマコトは夢の中で信者ゼロのマイナー女神ノアと出会い、彼女の信者になると決めた。そして神器と加護を手にした彼に早速下された神託は──人類未到達ダンジョンに囚われたノアの救出で!?
著 大崎アイル　イラスト Tam-U
シリーズ好評発売中!!